suhrkamp taschenbuch 28

Martin Sperr wurde am 14. September 1944 in Steinberg/Niederbayern geboren. 1962/63 besuchte er das Max-Reinhardt-Seminar in Wien. 1966 wurden die *Jagdszenen aus Niederbayern* in Bremen uraufgeführt. Ein Jahr später erschienen die *Landshuter Erzählungen* und im Frühjahr 1971 wurde *Münchner Freiheit* am Düsseldorfer Schauspielhaus uraufgeführt.
Martin Sperr hat fast fünf Jahre gebraucht, um seine *Bayrische Trilogie* abzuschließen. Sie führt vom Dorf über die Mittelstadt zur Großstadt: Reinöd in Niederbayern, Landshut und München. Nach Sperrs Absicht ist es gleichzeitig ein Weg durch die Nachkriegszeit. Die *Jagdszenen aus Niederbayern* spielen kurz nach der Währungsreform. Die *Landshuter Erzählungen* beziehen sich auf das Jahr 1958. *Münchner Freiheit* schließlich berührt auch zeitlich unmittelbare Gegenwart. Was Sperr in den Anmerkungen zu *Jagdszenen aus Niederbayern* schrieb, gilt auch für die beiden anderen Stücke: »Die Fabel des Stücks ist von Bayern unabhängig.«

Martin Sperr
Bayrische Trilogie

Suhrkamp

Umschlagfoto von Abisag Tüllmann aus einer Inszenierung der *Jagdszenen aus Niederbayern.*

suhrkamp taschenbuch 28
Erste Auflage 1972

Satz: Georg Wagner, Nördlingen
Druck: Nomos Verlagsgesellschaft, Baden-Baden
Printed in Germany
Umschlag nach Entwürfen von Willy Fleckhaus und Rolf Staudt

9 10 11 12 – 88 87 86

Inhalt

Jagdszenen aus Niederbayern

Endgültige Fassung 1967

Personen

BARBARA, *Tagelöhnerin*
ABRAM, *ihr Sohn*
TONKA, *Dienstmädchen*
MARIA, *Bäuerin, bei der Abram wohnt*
ROVO, *ihr Sohn, schwerfällig, groß, äußerlich der Dorftrottel, für den er gehalten wird*
VOLKER, *Marias Knecht, hat ein Holzbein*
DER BÜRGERMEISTER *Großbauer*
GEORG, *sein Knecht*
ZENTA, *Tagelöhnerin beim Bürgermeister*
DIE METZGERIN
KNOCHERL, *Totengräber und Gemeindearbeiter*
PAULA, *Bürogehilfin in Landshut*
MAX, *ein Kleinbauer*
CHRISTINE, *seine Frau*
DIE FLÜCHTLINGSFRAU
ANTON, *ihr Mann*
KONRAD, *ihr Sohn*
DER PFARRER
DER KRIMINALINSPEKTOR
ZWEI JUNGEN

ORT: *Das Dorf Reinöd in Niederbayern*
ZEIT: *Frühherbst nach der Währungsreform*

Erste Szene

Der Dorfplatz, Sonntagvormittag, Barbara und Knocherl sitzen auf einer Bank vor der Kirche. Links das Wirtshaus.

BARBARA Das Dorf riecht nach Schweinsbraten. Wieder richtig, wie der Sonntag sein soll. Es ist gut, daß es wieder Fleisch gibt, was Knocherl? Man kriegt richtig Appetit.

KNOCHERL Ja, Barbara. *Sie schweigen.*

BARBARA Jetzt, wo Frieden ist, hast du ja auch nicht mehr so viel zu arbeiten.

KNOCHERL Die Leut sterben im Frieden auch. Totengräber ist ein Beruf, wo man nie arbeitslos wird. Man bekommt sein Geld und kann sich noch nebenbei was verdienen. Freilich, im Krieg waren mehr Gräber zu schaufeln, durch die Bomben. 41 bin ich im September auf 28 Gräber gekommen. Das war fast jeden Tag ein Grab. Jetzt im Frieden sinds im Durchschnitt drei Tote im Monat. Je weniger man zu arbeiten hat, desto mehr kommt man zum Denken.

BARBARA Ja, das ist der Nachteil.

KNOCHERL Das ist eine Hitz heut. *Beide schweigen; eine Glocke läutet.*

KNOCHERL Ich muß wieder hinein. Zwischen der Wandlung und dem Segen reichts immer grad für eine Zigarette.

Er geht in die Kirche. Nach einer Pause kommt Georg und geht in die Wirtschaft. Die Flüchtlingsfrau und Konrad treten auf.

KONRAD Du, Mutter, die andern spielen nicht mehr mit mir, weil ich evangelisch bin.

FLÜCHTLINGSFRAU Das wird bald anders, Konrad. Wir gehen bald fort.

KONRAD Wieder fortgehen!

Georg tritt mit einem Stuhl und einer Kassette auf.

FLÜCHTLINGSFRAU Möchtest du in dem Dorf bleiben? Vati hat endlich Arbeit. Freu dich, daß wir hier wieder herauskommen.

Zenta und Christine kommen aus der Kirche.

GEORG *zur Flüchtlingsfrau:* Die Sonderzuteilung gibts erst, wenn der Bürgermeister aus der Kirch kommt. *Zu Zenta:* Hast du gehört, Zenta, ihr Mann hat Arbeit. Na ja, wir sinds schon gewöhnt! Immer die Schlesier, die die Arbeit bekommen.

Unsere Männer waren auch im Krieg! Das ist einfach nicht richtig.

ZENTA Ja. – Der Peppo war gestern da. Also, alles, was ich von ihm erfahren hab, ist, daß der Abram in Wendelskirchen ins Gefängnis gekommen ist, weil er da so Sachen gemacht hat mit dem Knecht vom Gruber.

GEORG Die Barbara sagt auch, daß er im Gefängnis war.

ZENTA Der Peppo sagt, die Barbara ist seine Mutter.

Barbara wird aufmerksam.

Ich komm nur darauf zu sprechen, weil ihn die Paula, die bei der Metzgerin wohnt, in Landshut am Mittwoch gesehen hat, an einem Ort, wo nur solche Männer sind. Sie sagt, da hat sie den gesehen, der seit zwei Wochen bei der Maria wohnt. Und das ist der Abram. Und wie lang ist er in Landshut? Eine Woch! Es kann also stimmen, was der Peppo sagt. – Ich sag dir, das ist einer, der treibts mit Männern. So einer ist das. Und er ist der Sohn der Barbara, das weiß ich ganz bestimmt. Vom Peppo.

BARBARA Daß das Gered aufhört: Er ist nicht mein Kind.

ZENTA Das haben wir nicht behauptet. Das haben wir nur gedacht.

BARBARA Ihr könnt euch Löcher in den Kopf denken und er wird trotzdem nicht mein Kind. Da braucht ihr gar nicht so schaun – es ist, wie ich sag.

GEORG Wir sind uns nicht so sicher, ob du recht hast. Wir glauben nämlich schon, daß er dein Kind ist.

BARBARA Wenn ichs euch sag, daß es nicht stimmt.

GEORG Und was war in Wendelskirchen?

Barbara schweigt.

Du hast uns selber gesagt, daß er im Gefängnis war. Und da war er erst einen Tag da. Woher willst du das wissen, wenn du ihn nicht kennst.

BARBARA Hab ich was angestellt, daß ihr mich so anschaut!

ZENTA Nein. Es –

BARBARA Warum schaut ihr mich dann an! *Sie schweigen.*

GEORG Sie wills nicht zugeben, aber mir ist alles klar.

Starkes Glockengeläute. Die Kirche ist aus. Der Bürgermeister, der Pfarrer und Max treten auf. Dahinter Maria, Volker und Rovo. Dann die Metzgerin. Rovo will weglaufen.

MARIA Rovo! Laß die Katz in Ruh!

DIE METZGERIN *zur Christine:* Hast du gehört, was sie gebeichtet hat, Christine?

CHRISTINE Wer?

METZGERIN Die Maria!

CHRISTINE Ja, das hab ich gehört, Metzgerin.

METZGERIN Die hat für ihren Ehebruch nur fünf Vaterunser bekommen. Mir hat er sechs gegeben, aber ich hab bloß einmal falsches Zeugnis wider meinen Nächsten gehabt und sonst nichts. Man kann sich nicht einmal mehr auf den Pfarrer verlassen. Da ist auch der Krieg schuld. Beim alten Pfarrer hätt ich höchstens ein Ave Maria bekommen.

Der Bürgermeister verabschiedet sich vom Pfarrer.

BÜRGERMEISTER Die Orgel ist zu teuer. Einen Zuschuß kann ich aus der Gemeindekasse geben, aber die ganze Reparatur kann ich nicht bezahlen.

PFARRER Wie hoch wär denn so ein Zuschuß, Herr Bürgermeister?

BÜRGERMEISTER Ich kann mich da noch nicht festlegen. *Der Bürgermeister geht zum Stuhl mit der Kassette.* Wer Sonderzuteilung kriegt – daher. Auf dem Zettel da unterschreiben. In einer Reihe aufstellen. *Die Leute stellen sich auf.* Herr Pfarrer!

Der Pfarrer bekommt seine Ration als erster, dann:

PFARRER Das »Lobet den Herrn« müssen wir noch probieren mit den Leuten. Das war nicht schön.

METZGERIN Die Leut sind doch dauernd auf dem Feld. –

Pfarrer geht ab. Kurz nach ihm die Flüchtlingsfrau mit Konrad.

Die Leut reden jetzt so viel über den Abram.

GEORG Es gehen noch ganz andere Geschichten bei uns im Dorf. – Bei dem hab ich mehr Chancen als du.

MARIA Bei wem denn? *Großes Gelächter.* Was ist?

GEORG Das ist: Daß ich bei dem mehr Chancen hab als du. Bei deinem Untermieter, beim Abram. Paßt dir das nicht? Möchtest ihn wohl auch noch fürs Bett, was?

VOLKER Halt den Mund!

GEORG Du läßt dich von ihr aushalten! Du hast überhaupt nichts zu sagen. Bezahlt sie dich dafür, daß du mit ihr ins Bett gehst?

Maria unterschreibt schnell.

MARIA Komm, Volker! Rovo! *Zu Volker:* Geh nur langsam, wir haben nichts zum Verbergen.

METZGERIN Es ist gut, daß ihr zwei geht! Es wird nämlich anständigen Leuten schlecht, wenn sie Menscher wie dich sehen.

Eine verheiratete Frau, wo der Mann vermißt ist, hat zwei ledige Männer im Haus. Die gehört ja verhaftet. Über den Bub wollen wir nicht reden, der ist ja blöd.

Maria, Volker und Rovo ab.

BARBARA *zur Metzgerin:* Du hast vorhin gesagt, die Leut reden jetzt so viel über den Abram. Was reden sie denn?

METZGERIN Daß ers mit Männern treibt.

BARBARA So.

METZGERIN Jetzt ist er gerade in Landshut, und da soll ihn jemand dabei beobachtet haben. – Was Genaues weiß man natürlich nicht. – Warum interessierts dich denn?

BARBARA Mich interessierts nicht. Mich interessierts nur so. *Sie geht ab.*

METZGERIN Ich glaube, sie ist die Mutter von ihm.

ZENTA Das glaub ich schon lang. Das ganze Dorf redet schon drüber. Man weiß halt nichts Bestimmtes.

GEORG Ich glaub, wir halten uns raus, aus der Sach. Uns gehts nichts an.

ZENTA Eben! Es geht uns, wenn man sichs überlegt, mein ich, gar nichts an. Man weiß halt nichts Genaues. Komisch ist es auf alle Fälle, wie sich die Barbara nach jedem Wort erkundigt, das man über den Abram sagt. Es schaut verdächtig aus. Ich glaub, sie ist seine Mutter.

GEORG Jetzt ziehts mich zum Bier. Komm, Zenta. *Er geht ab.*

ZENTA Gehst du mit, Metzgerin?

METZGERIN Nein. Ich geh noch aufs Grab zu meinem Mann. Es ist komisch, wie man sich dran gewöhnt, daß er tot ist.

ZENTA Schau, meiner liegt schon seit drei Jahren mit seinem Husten.

METZGERIN Meiner ist gleich tot. Das ist noch schlimmer. Jetzt hab ich eine Metzgerei und weiß nicht, was ich damit anfangen soll.

ZENTA So hat jeder seine Sorgen.

Beide gehen ab.

Zweite Szene

Im Schlachthaus der Metzgerei.
Sonntagvormittag. Knocherl arbeitet an einer halben Kuh, die von oben herabhängt. Zenta beschäftigt sich an einem großen Kessel, in dem Fleisch für Würste kocht. Paula bindet an der Schlachtbank Würste zusammen.

ZENTA Trotzdem – ich glaub, die Barbara ist seine Mutter. Sie will jetzt weggehen, hab ich gehört. Hat auch schon gekündigt, sagt die Bürgermeisterin. Die Bürgermeisterin will sie doch nicht gehen lassen, weil – jemand, der so viel arbeitet, für so wenig Geld, den findet man nicht noch einmal.

KNOCHERL *verschnauft:* Wenn sie gekündigt hat – ich mein, dann kommt sie heut vielleicht gar nicht mehr zum Helfen.

Paula legt das Arbeitszeug weg und wäscht sich die Hände.

ZENTA Komm – eine Viertelstunde kannst du uns noch helfen.

PAULA Ich arbeit die ganze Woche in der Fabrik. Dann möcht ich wenigstens am Sonntag meine Ruh!

KNOCHERL Ich hab geglaubt, das ist so schön, was du in der Fabrik machst –

PAULA *unterbricht ihn:* Hauptsache ist, daß ich überhaupt was hab. Oder? Ich hab was bekommen, obwohl Arbeitslosigkeit ist. Ich kann auch was. Du brauchst mir gar nicht neidig sein deswegen. *Sie geht ab.* Wenn die Barbara wirklich weggeht, dann kommt sie heut bestimmt nicht mehr. Dann dauerts lang heut.

Barbara und die Metzgerin treten auf. Während die Metzgerin sofort überprüft, was inzwischen gearbeitet wurde, bindet sich Barbara eine weiße Metzgerschürze über ihre Sonntagskleidung und macht Paulas Arbeit weiter.

BARBARA *nach einer Pause zu Zenta:* Ich habe der Bürgermeisterin gesagt, daß ich weggeh. Morgen bin ich noch da, weil sie mich notwendig brauchen. Aber auf die Nacht, da fahr ich fort.

ZENTA Warum willst du denn weg? Ist irgendwas?

BARBARA Er ist mein Kind. Ich gebs zu. Ich hab doch genau gemerkt, heut nach der Meß, wie mich die Leut schon wieder anschaun.

KNOCHERL Das ist nicht schlimm, Barbara. Die reden immer.

BARBARA Wenn der Abram aus der Stadt zurückkommt und

dableibt, muß ich weg. Ich kenn das von früher: Immer sagt er, er will bei mir leben. Und dann macht er Schweinereien. Das ist es.

DIE METZGERIN Vielleicht wärs wirklich besser, wenn er weg wär. Wenn er so ist, vielleicht wärs gut, wenn er weg wär.

BARBARA Ich sags den Leuten immer. Und keiner glaubts mir. Alle sagen, ich wär eine schlechte Mutter. Und wenn es dann passiert ist, dann bin ich schuld. Bei euch ists jetzt wieder soweit. Alle reden schon. – Aber vielleicht hat er Arbeit gefunden und geht. Ich würd so gern dableiben. Aber ich muß eben wieder weg, ganz bestimmt. *Sie wendet sich an Zenta.* Weißt, wenn die Leut nicht so viel reden würden über Sachen, die sie nichts angehen. – Vielleicht hat er Arbeit und wird gehen.

ZENTA Dann kannst du doch dableiben, wenn er geht. Warum hast du denn der Bürgermeisterin gesagt, daß du gehst?

BARBARA Weil er vielleicht doch keine Arbeit hat. *Sie arbeitet schweigend weiter.*

ZENTA Falls mein Mann überlebt und wieder arbeiten kann mit seiner Lungengeschichte – dann kauf ich als erstes einen Radio.

DIE METZGERIN Ja.

Sie schweigen auch jetzt noch.

BARBARA Und da ist noch die Sache mit der Tonka. Er geht mit dem Mädel und er wird sie sitzenlassen.

DIE METZGERIN Das mit der Tonka kann ich nicht recht glauben. Ich hab da noch keine Klarheit.

Sie schweigen wieder. Plötzlich legt Barbara ihre Arbeit weg.

BARBARA Paß auf, Zenta, wir gehen morgen zur Maria und sagen ihr, sie soll ihm kündigen, und wenn er keine Wohnung mehr hat, muß er weg. Er findet schon was, wo er leben kann. Und den anderen Leuten sagen wir das auch, daß er nirgends mehr wohnen kann.

ZENTA Ja, in Gottes Namen. Gehst du mit, Metzgerin?

DIE METZGERIN Meinetwegen, geh ich halt mit.

BARBARA Dann kann ich dableiben. *Pause. Sie arbeitet.* Schau, früher hab ich immer gesagt, es ist nicht wichtig, was die Leut sagen, er ist mein Kind und ich muß ihm helfen. Aber wie es mir ergangen ist, das war ihm egal. Er hat seine Schweinereien gemacht, bis er ins Gefängnis gekommen ist. – Ich hab ihn so gern gehabt. Ich könnt auch jetzt noch sagen: Laßt ihn in Ruh

– aber das nützt auch nichts. Ich muß jetzt einfach meine Ruh haben. Ich bin zu alt, daß ich mich noch um ihn kümmern könnt. Ich kann ihm nicht helfen. Und jetzt will ich auch nicht mehr.

ZENTA Ja, ja, ist recht. Wir gehn schon mit. Wir habens versprochen.

DIE METZGERIN Ja.

BARBARA Ich möcht so gern dableiben. Ich hab wirklich Angst, daß er keine Arbeit hat.

Paula kommt herein. Sie hat ein neues Kleid angezogen und will dieses nun vorführen. Sie richtet ihre Frisur. Währenddessen:

PAULA Ich geh jetzt. War die Tonka schon da?

KNOCHERL Da über dem Fleisch kannst du dich nicht frisieren. Wenn das jemand sieht –

PAULA *zu Barbara:* Überhaupt soll ich dir sagen: Die Tonka sagt, daß sie der Abram heiratet.

BARBARA Wirklich? Hat er ihr das wirklich versprochen?

PAULA Er muß ja. Sie kriegt ein Kind von ihm.

BARBARA Sie kriegt ein Kind von ihm. Mein Gott! Weiß er es?

PAULA Nein.

BARBARA Nein. Natürlich weiß ers nicht. Er ist nicht ehrlich zu Tonka.

PAULA Er liebt sie. Er hat ihrs gesagt, daß er sie liebt.

BARBARA Ich muß was tun. Ich kann die Tonka doch nicht ins Unglück rennen lassen.

PAULA Es ist doch ihr Unglück, oder? Hör auf, alle wissen, daß du dich in Sachen einmischst, die dich nichts angehen. Ich geh jetzt mit der Tonka zum Tanzen.

ZENTA Schon wieder?

PAULA Den ganzen Tag red ich schon davon. Du mußt dich langsam dran gewöhnen, daß ich heut zum Tanzen geh. Ich kann mirs leisten.

DIE METZGERIN Deine Mutter hat gesagt, ich soll auf dich aufpassen.

PAULA Das ist mir egal. Ich hab den ganzen Krieg gewartet und hab mir fest vorgenommen, daß ich jeden Sonntag zum Tanzen geh, wenn der Krieg aus ist. Und das tu ich auch! *Sie geht ab.*

ZENTA Ein schönes Kleid hat sie an.

DIE METZGERIN Aber was das gekostet hat!

BARBARA Er – stell dir vor, Zenta, sie kriegt ein Kind von ihm.

ZENTA Habs gehört.

BARBARA Ich möcht so gern bleiben.

Eine Pause entsteht, die Zenta unterbricht.

ZENTA Und was für Frisuren die heut wieder tragen.

BARBARA Morgen geht ihr aber bestimmt mit zur Maria –

DIE METZGERIN Wir habens doch versprochen! Langsam gehst du mir auf die Nerven. Als ob die Welt untergehn würd! Was soll ich sagen? Ich hab zwei Leut im Krieg verloren. Kann auch nur weinen, wenn ich Zeit hab, daß ich auf den Friedhof geh. Man kann doch nicht arbeiten, wenn du dauernd laut denkst.

Dritte Szene

Getreidefeld.

Montagmorgen. Ein Brotzeitkorb. Barbara sitzt auf einer Getreidegarbe und ißt. Die Metzgerin und Zenta häufen Garben. Der Bürgermeister steht neben Barbara und beaufsichtigt das Ganze. Die Metzgerin und Zenta gehen ab aufs Feld. Kurz darauf Gelächter.

BÜRGERMEISTER Die lachen, als obs keine Arbeit gäb.

BARBARA *essend:* Du, Bürgermeister. Ich habs mir überlegt, ich bleib vielleicht doch da. Wenn ich noch bleiben kann, wo ich gesagt hab, daß ich geh.

BÜRGERMEISTER Das, also, das wär gut, Barbara, wenn du dableibst.

BARBARA *verlegen lachend:* Ich zieh von einem Dorf ins andere. Ich mag nicht mehr. Bei euch kann man leben, wenn ich bleiben kann.

BÜRGERMEISTER Freilich! Freilich kannst du bleiben. Iß ruhig langsam fertig, bei dir pressierts nicht so. Du hast auch später aufgehört mit der Arbeit. Gute Arbeiter brauchen wir immer. Du kannst bleiben.

BARBARA Ja, danke.

Sie ißt weiter. Gelächter der Leute auf dem Feld.

BÜRGERMEISTER Was ist denn?

Der Bürgermeister geht ab. Das Gelächter hört auf. Stille.

Barbara ist fertig mit der Brotzeit, sie sieht Abram, der mit einem kleinen Koffer in der Hand aufgetreten ist. Beide schweigen.

ABRAM Mutter! *Keine Antwort.* Mutter –

BARBARA Bist du mit dem Bus gekommen? Du willst dein Zeug holen. – *Abram schweigt.*
Was ist?

ABRAM Mutter – ich hab –

BARBARA Hast du Arbeit? Ob du Arbeit hast, will ich wissen!

ABRAM Nein.

BARBARA Nein. Und das sagst du einfach so: Nein. Warum hast du keine Arbeit? Warum denn nicht? Du hast es nicht versucht, wahrscheinlich! Ich hab fest angenommen, daß du eine hast. *Mühsam beherrscht.* Hör Abram, du mußt weg aus dem Dorf. Die Leut reden über dich.
Abram schweigt.
Du willst also dableiben. Es ist immer dasselbe mit dir. Eines Tages bist du weg, und dann zeigen die Leut mit dem Finger auf mich: Die ist die Mutter von dem. Und dann weiß ich, daß du wieder eine von deinen Schweinereien gemacht hast. Und ich hab die Blicke im Rücken, immer, bis ich in ein anderes Dorf gehe. Und immer findest du mich wieder, und es ist immer dasselbe. Und jetzt ist es wieder soweit.

ABRAM Nein.

BARBARA Das hast du immer gesagt! Mein Gott, wenn ich nicht dableiben kann, dann muß ich gehen. Ich will jetzt eine feste Arbeit und wissen, wo ich hingehör. Du bist doch alt genug, daß du für dich selber leben kannst.

ABRAM Warum hast du mich auf die Welt gebracht, wenn ich dir immer lästig war, wenn –

BARBARA Hab ich gewußt, was aus dir wird? Hätt mirs sonst schon überlegt! Ich – ich schäm mich zu Tod mit dir –

ABRAM Glaubst, es gibt einen Garantieschein dafür, wie man wird? Warum erzählst du allen, daß ich im Gefängnis war, die Leut brauchen –

BARBARA Die Leut! Die Leut! Was gehen mich die Leut an.

ABRAM Warum verschreist du mich schon wieder im Dorf? Überall muß ich Rede und Antwort stehen. Wohin wir kommen –

BARBARA Wir! Weil du immer hinter mir herkommst, deshalb: Wir!
Abram setzt den Koffer ab.

ABRAM Ich weiß doch, so wie ich lebe, darf ich nicht leben.

BARBARA Wenn du das weißt, warum tust dus dann? *Pause.*

ABRAM Ich kann nicht so weiterleben, wie bisher. Ich, Herrgott, ich bin doch nicht gern so.

BARBARA Warum bist du dann, wie du bist?!

ABRAM Das verstehst du nicht, Mutter.

BARBARA Warum rennst du dann hinter mir her? Warum soll ich dir dauernd helfen, wenn ichs nicht versteh?!

ABRAM *nach einer Pause:* Ich hab im Fasching in Kelheim die Tonka kennengelernt. Ich – also, sie liebt mich und ich – ich will mich bemühen. Ich wills mit der Tonka versuchen. Weil: So kanns doch nicht weitergehen. Ich muß –

BARBARA Wie dein Vater bist du! Du willst es also mit der Tonka versuchen! *Sie lacht.*

ABRAM Mit irgend jemand muß ichs schließlich versuchen, oder?

BARBARA Und du glaubst, daß ich zuschau, wie du sie in den Dreck zerren wirst. Und wie du sie im Dreck liegen lassen wirst! Wie dein Vater – Geh! Ich muß arbeiten. *Sie versucht, weiterzuarbeiten.* Such dir eine anständige Arbeit! Aber du findest keine. Immer nur an dich denkst du. Du denkst immer nur: Ich Ich Ich. Ich werd das jetzt auch tun. Ich muß jetzt auf mich schaun, wenn ichs nicht tu, tuts niemand. Du mußt gehen, Abram, mir zulieb. Denk auch mal an mich. *Keine Antwort.* Mir ists nämlich wichtig, was die Leute sagen, ich will mit ihnen leben. Zieh nach Landshut und such dir Arbeit und verschwind!

ABRAM *um seine Unterlegenheit nicht so sehr zu spüren:* Du hast mir nichts zu befehlen!

Barbara sieht ihn an, er sieht zurück.

Ich hab das Recht dazubleiben. Wie du!

BARBARA Du hast kein Recht. Man hat kein Recht, wenn man gegen die Natur lebt.

ABRAM Ist das vielleicht natürlich, wenn du mich immer wegjagst. Als Mutter –

BARBARA *wild:* Erwürgen hätt ich dich sollen!

Beide schweigen. Zenta tritt auf. Sie sieht Abram bei Barbara und winkt den anderen. Die Leute kommen langsam nach vorne und hören zu.

ABRAM Du hast immer verhindert, daß ich mit anderen Kindern spielte. Damit fings schon an. Und als ich älter wurde, wars nicht so, da –

BARBARA Da hab ich dich nicht tanzen gehen lassen und da hast du dann deine Schweinereien mit den Burschen machen müssen – daran bin ich auch schuld, ich weiß schon. Ich bin überall schuld. Ich – ich habs versucht, jawohl hab ichs versucht, daß du ein anständiger Mensch wirst. So hab ich dich erzogen. Nicht zu einem – zu einem solchen –

ABRAM *lenkt ab, da Barbara nicht weiterspricht:* Warum erzählst du zum Beispiel überall, daß ich im Gefängnis war? *Pause.* Wo – wo soll ich denn bloß hin? *Pause.* Wohin denn? Wenn nirgends Arbeit ist und überhaupt. Was hast du davon, wenns die Leut wissen?

BARBARA Ich hoff, sie schlagen dich solang, bis du freiwillig gehst, ich hoff, sie schlagen dich aus dem Dorf hinaus. Vielleicht schlagen sie dich auch tot. Und ich wünsch mirs, daß sie dich totschlagen. Da im Dorf ists noch nicht wie in der Stadt, wo man das modern findet. Ich weiß bestimmt, daß sie was gegen dich haben, die Leut –

ZENTA Ja.

Abram und Barbara fahren herum.

ABRAM Aus ists.

BARBARA Sag doch, daß du mit Männern verkehrst! Sie wissens doch schon alle!

ABRAM Na und!

MAX Was? Ist der noch stolz darauf!

BARBARA Wenn es wahr ist, kannst du es doch ruhig zugeben. Sag es laut und deutlich. Sags, was du bist! Sag, ich bin so einer.

Abram läuft weg. Die Leut sehen ihm nach. Die Flüchtlingsfrau läuft zum Brotkorb, holt einen Laib Brot und steckt ihn Konrad unters Hemd. Konrad läuft damit weg.

ZENTA *in einer Gruppe zu Georg:* Das sind ja schöne Zustände. Wie soll der Bub auch anders sein, bei der Mutter. Wenn die so mit ihm umgeht.

BARBARA Wie? Wer hat da was gesagt? Bringt ihn doch um, daß ich keine Mutter mehr sein muß! Ich – ich kann doch nichts dafür.

CHRISTINE Nein, du kannst nichts dafür, Barbara.

BARBARA Ich hab nichts mit ihm zu tun, er ist nicht mein Kind. Ich – ich will dableiben!

DIE METZGERIN *zu Georg:* Die wird ihn schon so erzogen haben. Von selber wird man nicht so.

BARBARA *drohend:* Er ist nicht mein Kind. Ich hab kein Kind.

CHRISTINE Du kannst nichts dafür, Barbara.

GEORG Wer schuld ist, daß er so ist, ist auch egal. Jedenfalls steht fest, daß er so ist, das steht fest. Sonst hätt er »Nein« gesagt. Also: er hats zugegeben. Jetzt wissen wir Bescheid.

DIE METZGERIN Der muß weg!

Der Bürgermeister tritt vom Feld her auf.

BÜRGERMEISTER Weiterarbeiten! Was ist denn! Für was zahl ich euch denn? Fürs Rumstehen? Leut zum Arbeiten krieg ich, soviel ich brauch.

Sie gehen wieder an die Arbeit.

Vierte Szene

Hof hinter Tonkas Elternhaus.

Tonka wäscht Wäsche mit einem Waschbrett. Abram tritt auf.

TONKA *sieht Abram:* Abram!

ABRAM Ja.

TONKA Ich hab gar nicht gewußt, daß du schon wieder da bist. – Komm her zu mir.

Abram geht zu ihr.

Was ist denn?

ABRAM Es ist nichts, Tonka – Tonka – ich hab dich lieb.

Tonka sieht ihn an.

Wirklich. Ich meins wie ichs sag. Wirklich.

TONKA Gib mir einen Kuß, Abram.

Da Abram zögert

Meine Eltern sind auf dem Feld.

Abram küßt sie.

Gehn wir ans Wasser?

ABRAM *tut, als ob er nicht versteht:* Es ist hier auch schön.

Tonka schweigt.

Oder?

TONKA Ja.

ABRAM *nach einer langen Pause:* Ich muß wieder gehen, Tonka.

TONKA Bleib doch noch. Ich bin so froh, daß du wieder da bist. *Sie setzt sich auf die Türschwelle der Haustür.* Setz dich zu mir.

Abram setzt sich zu ihr.
Nimm mich im Arm.
Abram tut es.
Abram, ich muß dir was Wichtiges sagen.

ABRAM Ich mag dich. *Er läßt sie los.* Nichts sagen jetzt.
Beide schweigen.

TONKA Abram, magst du Kinder?
Abram schweigt.
Ich meine nur. Ich mag Kinder.

ABRAM Tonka, es ist möglich, daß die Leut über mich zu reden anfangen. Du mußt nichts drauf geben.

TONKA Ich geb auch nichts drauf, was die alle sagen, Abram. Das ist, weil deine Mutter was gegen mich hat. Ich hab mit der Paula darüber geredet. Die meint das auch.

ABRAM Ja.
Beide schweigen.
Ich mag Kinder auch, Tonka.

TONKA Ich muß dir was sagen, Abram – Los!
Abram reagiert und küßt sie. Christine und Max treten auf.

CHRISTINE So.
Tonka und Abram fahren auseinander.
Was hab ich dir gesagt, Max – der verdirbt die Tonka.

ABRAM Wer verdirbt die Tonka.

CHRISTINE Mit dir red ich nicht.

MAX Du kriegst wohl überhaupt nicht genug, du Sau. Dann könntest du wenigstens anständige Mädchen in Ruh lassen.

TONKA Was ist denn?

CHRISTINE Ihr zwei paßt zusammen. Da haben sich die richtigen gefunden. – Tonka, ich muß ganz wichtig mit deiner Mutter reden.

TONKA Die ist nicht da. Die ist auf dem Feld.

MAX Komm, Christine, suchen wir sie. *Zu Tonka.* Und dir würd ich raten: Laß dich nicht weiter mit dem da ein. Sonst gehts dir schlecht.

TONKA Warum denn? Wir gehen miteinander und lieben uns.

ABRAM Ja.

MAX Daß ich nicht lach! Das ganze Dorf weiß, was mit dir los ist.

ABRAM Nichts wißt ihr! Nichts wißt ihr!

CHRISTINE Es ist bekannt, warum du im Gefängnis warst. Ich red nicht mit dir. *Zu Tonka.* Und wenn ich dich seh, so mit ihm, weiß ich auch nicht, ob ich dich für ein anständiges

Ding halten kann. Die Menschen reden auch schon über dich.

MAX Es ist bekannt, was das für einer ist, also kannst du nicht anständig sein, wenn du dich mit ihm einläßt.

ABRAM Tonka, ich geh jetzt.

TONKA Bleib doch da.

ABRAM Ich bin müd. Von der Fahrt. Ich geh jetzt heim. *Abram ab.*

TONKA Warum, Abram?

MAX Feig ist er auch noch.

TONKA Ihr seid gemein. Was ist denn? Sags doch dann, was mit ihm ist.

CHRISTINE Ich kanns dir nicht sagen. Du tust mir leid. Mit dem.

MAX Fällt dir nichts auf, was mit ihm ist? – Wenn du ein bissel denken würdest, würd dir auffallen, daß er jetzt weggegangen ist. Obwohl er bei dir war und dich liebt.

TONKA Was soll sein. Er ist halt müd.

CHRISTINE Ja, bei dir wird er müd. – Er hat dich im Stich gelassen, weil er feig ist.

TONKA Er läßt mich nicht im Stich.

CHRISTINE Hat er dir einen Kuß gegeben, wie er gegangen ist? Eben! Wo ist denn die Liebe. – *Zu Max.* Man kann nicht mit ihr reden. Die hält zu ihm. Das hab ich schon gesehen. Man darf gar nicht mit ihr reden. – *Zu Tonka.* Du bist ein Flittchen.

Fünfte Szene

Wohnraum in Marias Haus.

Nachmittag. Maria. Abram rasiert sich.

MARIA Und was war sonst noch? Gibts schon ein Fleisch in der Stadt?

Abram rasiert sich.

War in der Stadt und hat nichts zu erzählen.

ABRAM *gibt ihr ein Couvert:* Daß ichs nicht vergesse. Die Miete.

MARIA *zählt das Geld:* Danke. Hast du doch Arbeit gefunden?

ABRAM Nur drei Tage.

Volker tritt auf und legt eine leere Einkaufstasche auf den Tisch.

MARIA Was ist denn?

VOLKER Dieses Dorf! Wenns bloß abbrennen würd, das Dorf! In der Hölle kanns auch nicht schlimmer sein.

MARIA Nur weil ich mit dir leb und mit einem Toten verheiratet bin. Er kommt nicht mehr zurück. Der Krieg hat ihn gefressen. Und ich bin froh darüber, ich würd ihm fremd gehen, wenn er käm.

VOLKER *nach einer Pause:* Ja. Ich muß jetzt Weiden schneiden. Dann fahr ich nach Landshut einkaufen.

MARIA *weint und lacht:* Aber du kannst doch nicht wegen jedem Pfund Salz nach Landshut fahren. Das geht doch nicht. Das Gesuch ist schon so lang weg. Sie werden ihn bestimmt für tot erklären und dann hat alles ein End.

VOLKER Ich geh jetzt.

Er geht, Abram mit einer Handbewegung begrüßend, ab. Maria bleibt sitzen. Abram räumt sein Rasierzeug weg.

MARIA Abram, komm, dein Essen wird kalt.

ABRAM Ja. *Er setzt sich und macht das Kreuzzeichen und beginnt zu essen.* Gehts dem Rovo besser?

MARIA Nein. Er ist wie sonst. Nur schlimmer. Er kann jetzt überhaupt nicht mehr schlafen, wacht auf vor lauter Angst, schreit. Dann rennt er im Haus rum, daß kein Mensch mehr schlafen kann. Dann tut ihm der Kopf weh und alles mögliche. *Sie zündet sich eine Zigarette an.* Was mich aber viel mehr ärgert: er redet kein Wort mit mir, stumm wie ein Fisch, wenn man ihn fragt. Ich kann hundertmal sagen »als höflicher Mensch antwortet man!« – stumm wie ein Fisch. »Wenn man Kopfweh hat, kann man auch höflich sein« sag ich ihm immer – er verstehts nicht.

ABRAM Was sagt der Arzt?

MARIA Ich geb kein Geld mehr aus für den Rovo. Was ich schon Geld ausgegeben hab! Du hast keine Ahnung, wie teuer Dummheit ist. Für das Geld könnt er studieren. Nein, mir kommt kein Doktor mehr ins Haus. Und was hat die Anstalt genützt, letztes Jahr? Und wieviel Geld hab ich dafür bezahlt? Und wofür? Für nichts! Guten Appetit.

ABRAM Danke.

MARIA Ich geb keinen Pfennig mehr für ihn aus. Weißt du, ich hab ihn gestern, weil gestern wars besonders schlimm, da hab ich ihn mit Brennesseln abgerieben, das ist ein altes Hausmittel und ist billig. Das hat geholfen.

ABRAM Du darfst nicht glauben, daß das was nützt. Das nützt nichts.

MARIA Was soll ich denn sonst machen? Irgendwas muß man mit dem Rovo machen. Vielleicht gibt er jetzt überhaupt Ruh.
Rovo tritt auf im Schlafanzug.
Ich denk, du schläfst?
Rovo antwortet nicht.
Antwort! Du sollst antworten! Was willst du hier. Siehst du nicht, daß sich hier zwei erwachsene Menschen unterhalten. Geh hinaus! Los! Hol Wasser und stör nicht dauernd.
Rovo setzt sich an den Tisch und liest in einem Groschenroman.
Faulenzen, lesen und blöd daherreden! Arbeit was! – Also, was willst du hier?

ROVO Überall stör ich dich.

MARIA Ja.

ROVO Ich kann machen, was ich will, es ist falsch.

MARIA Was machst du denn? Nimm dich nicht so wichtig. Dein Fressen kriegst du hier. Dafür, daß du nichts arbeitest, ist das viel genug in unserer Zeit. Ein nutzloser Mensch bist du. Arbeit was, damit du einen Wert bekommst.

ROVO Wenn ich seh, wie du hinter dem Volker her bist, wird mir schlecht.

MARIA *geht auf ihn zu:* Los! Hol Wasser!

ROVO *brüllt:* Rühr mich nicht an!

MARIA *schreit ebenfalls:* Schrei nicht, du –! Ich bin deine Mutter.

ROVO Davon merk ich nichts!

MARIA Wenn du dich noch weiter so aufführst, kommst du wirklich in eine Anstalt. *Beide schweigen. Rovo setzt sich.*

ROVO Ja.

MARIA *schreit:* Ich kann deinetwegen nicht ins Kloster gehen.

ROVO Ja.

MARIA *schreit:* Ich hab es schwer genug.

ROVO Ja.

MARIA *reagiert sich wieder etwas ab:* Sowas! *Zu Abram.* Bitte! Was hab ich dir gesagt? Schau doch! Schau ihn dir an! – Ich kann hundertmal sagen: Hol Wasser – er tuts nicht.
Rovo liest in seinem Heftchen.
Rovo, hol mir das Wasser, ich brauchs doch. Laß dich doch nicht immer so bitten, Rovo! *Sie streichelt ihm übers Haar und geht ab.*

ABRAM Warum holst du denn das Wasser nicht, Rovo?

Rovo antwortet nicht.

Warum kannst du denn nicht schlafen, Rovo? – Sags mir.

ROVO *legt sein Heftchen weg:* Sie will wieder heiraten. Sie will Vater für tot erklären lassen und den Volker heiraten. Und der mag mich nicht leiden. Die wollen mich in eine Anstalt stecken. So sind die.

ABRAM Du mußt in keine Anstalt, Rovo. Du bist doch schon einmal als gesund entlassen. Außerdem ist das teuer und das Geld geben sie nicht aus.

ROVO Die Leut lachen über mich. Das ist ihr das Geld schon wert, wenn das aufhört.

ABRAM Das darfst du nicht sagen, Rovo. Deine Mutter mag dich. Bestimmt. Sie versteht nicht alles. Das mußt du auch verstehen.

ROVO Sie reibt mich mit Brennesseln ab. Ich hab Angst.

ABRAM Du hast zuviel Angst, Rovo. Soviel Angst ist nicht gut.

ROVO Alle glauben, ich bin nicht richtig – und lachen – ich merk das schon. – Was soll ich denn machen? Ich kann so schwer mit Leuten reden, die einen immer auslachen. Ich kann nicht mit ihnen reden. – Du bist der einzige, der mit mir redet, wie ein normaler Mensch. Du bist der erste, der nicht sofort lacht, wenn ich was sag. –

Tonka tritt auf.

TONKA Abram, ich muß mit dir reden.

ROVO Was will die hier?

TONKA Abram, komm raus, ich muß mit dir reden.

ROVO Wir brauchen keine Huren bei uns.

TONKA Hilf mir doch, Abram, – muß ich mir das gefallen lassen von dem!!

ABRAM Was ist denn, Tonka?

ROVO Du gehst bestimmt weg und keiner redet mehr mit mir.

ABRAM Nein, Rovo, ich bleib da.

TONKA Abram, ich hab mich so gefreut, daß du wieder da bist. Ich muß dir doch was Wichtiges sagen. Ich muß dir das aber allein sagen.

ROVO Schick sie weg!

TONKA Halt sofort den Mund!

ROVO Du bist ja eine Schlampe.

TONKA Sag das nocheinmal!

ROVO Hur!

TONKA Du Narr, du irrsinniger! *Sie will ihn schlagen.* Du –

ABRAM *stellt sich schützend vor Rovo:* Ihr hört sofort auf!

Maria tritt auf, sie hat frische Tomaten in ihrer Schürze.

MARIA Was ist denn hier los?

ROVO Sie wollte mich schlagen.

MARIA Was? Komm geh freiwillig! Du bist hier unerwünscht!

TONKA *zu Abram:* Wenn du mir jetzt nicht hilfst –

MARIA *schiebt Tonka zur Tür:* Geh!

TONKA Abram, hilf mir doch! *Zu Maria.* Laß mich los! Ich will nicht gehen.

ABRAM Geh doch!

TONKA Du bist gemein! Eine Woche, eine ganze Woche hab ich dich nicht gesehen und du bist gleich so gemein! *Sie heult.* Dann schau, wie du allein fertig wirst! Ich mag dich nicht mehr.

MARIA Ja, ja. Ist recht.

Sie schiebt Tonka zur Tür hinaus und schließt sie hinter ihr. Rovo läuft zum Fenster. Er läuft schnell zum Kohlenkasten, holt ein Holzscheit und wirft es. Tonka schreit auf.

ROVO Jetzt rennt sie aber –

MARIA Du bist ja immer noch da. Hol mir das Wasser, Rovo.

Auftritt Barbara, Zenta, die Metzgerin und Georg.

METZGERIN Schau! Da ist er!

MARIA Was wollt ihr hier?

BARBARA *zeigt auf Abram:* Die Leut im Dorf, die, also, die wollen nicht mehr, daß er dableibt. Sie wollen alle, daß du ihm keine Wohnung mehr gibst und wenn er keine Wohnung mehr hat, dann muß er weg.

ZENTA Ja.

BARBARA Und zwar soll er weg, weil er schwul ist.

GEORG Ja, das ist wahr. Er hats zugegeben heut vormittag.

ABRAM *nach einer langen Pause:* Sie lügen über mich. Mir gehts wie dir.

MARIA Ich glaubs euch nicht. Ihr könnt schon wieder gehen.

METZGERIN Wir haben alle gehört, wie er nichts gesagt hat. Es ist schon so.

MARIA Raus! Weil ich euch alles glaub. Ich kenn es doch, wie ich im Dorf verschrien bin. Ich kann nicht einmal mehr einkaufen, weil mich jeder für Gott weiß was hält. Raus!

GEORG Ein reicher Bauernhof braucht einen Knecht, oder?

MARIA Den versoffenen Knecht vom Bürgermeister will ich nicht in meinem Haus wissen.

GEORG Und die Bäuerin, die braucht auch einen Knecht, oder?

Die Metzgerin lacht.

Und weil der Mann nicht da ist, muß der Knecht ins Bett, oder?

MARIA Raus!

GEORG Die Mutter mannstoll, der Bub blöd! Das ist eine Wirtschaft! Das ist eine Wirtschaft.

Die Leute gehen ab.

MARIA Ein Lügengesindel das!

ABRAM Es ist nicht wahr. Ich bin nicht so.

MAIRA *lachend:* Das möcht ich auch hoffen.

Verbissen: Das sind Leut! Mein lieber Schwan! Wie ich das nur immer wieder aushalte! Der Mensch kann wirklich viel vertragen.

ABRAM Ich muß an die Luft. *Abram geht ab.*

MARIA *bringt Rovo Essen:* Wie schaust du denn aus? – Hättest doch geschlafen! Dann hättst du deine Ruh? Ich an deiner Stelle würd Tag und Nacht schlafen, damit ich nichts sehen müßt. – Jetzt iß.

Rovo ißt, Maria schneidet Tomaten.

ROVO Was ist schwul?

MARIA Sei froh, daß dus nicht weißt.

ROVO Ist denn das was Schlimmes?

MARIA Nein. Es ist nur nicht schön. Es ist – Kümmer dich nicht drum. Ich wills dir nicht erklären.

ROVO Sag doch!

MARIA Schau, das sind die ersten Tomaten heuer.

Szenenwechsel.

Sechste Szene

Am Fluß. Sumpfige Gegend mit Weidensträuchern und Schilf. Volker schneidet Weiden und spaltet sie in vier Teile. Tonka säuft, Volker sieht ihr zu.

VOLKER *gereizt:* Wie kannst du dich so ansaufen, wenn du dann nicht mehr stehen kannst.

TONKA Warum schaust du denn die ganze Zeit, was ich mache! Sei nicht so scharf auf mich! Ich will dich nicht.

VOLKER Geh doch woanders hin. Geh schon! *Sie reagiert nicht.* Nichts arbeiten und saufen, das kannst du! Arbeit erst einmal was, dann vergehts dir! Geh ins Wirtshaus zum Saufen!

TONKA Überall soll ich gehn! Alle wollen, daß ich geh. Alle.

VOLKER Du – ich kann nicht arbeiten, wenn du da bist.

TONKA Laß mich doch! Ich will nichts von dir. Ich sitz doch weit genug von dir, wie kann ich dich stören!

VOLKER Du darfst nicht so daliegen.

TONKA Mein Gott, wie lieg ich denn?

VOLKER Du liegst da wie eine Hur.

TONKA Bin ich ja auch, oder? Alle schreiens mir nach. Na und! Du schaust meine Füß auch nur an, weil du glaubst, du kriegst sie. Dann laß mich wenigstens liegen wie so eine, wenn ich schon eine bin. *Sie zieht ihren Pullover eng.* Aber du, du mußt bezahlen. Umsonst kriegst dus nicht!

VOLKER Was?

TONKA Liebe!

VOLKER Ich hab kein Geld.

Tonka lacht.

Ich will nicht.

TONKA Dumm sein und geil sein, das ist das Richtige. *Sie legt sich wieder normal hin.* Was schaust du denn? Bin doch eine Hur, oder!

Volker läuft zu ihr und umarmt sie.

VOLKER Ja. Du – ja – wirklich du bist eine, wirklich!

Tonka macht sich los.

TONKA Jeder glaubt, er darf mich abtappen.

Volker sieht unverwandt auf ihren Rücken. Sie wird nervös und sieht ihn an. Volker lacht.

Was lachst du denn so blöd?

VOLKER Du verkaufst dich zum ersten Mal, wie?

TONKA Warum?

VOLKER Weils so ungeschickt ist.

TONKA Du bist ganz gut angesprungen.

VOLKER Ja, ich bin gut angesprungen. *Er nähert sich ihr.* Mach es doch einmal umsonst.

TONKA Du glaubst wohl, du brauchst dich bloß hinzustellen und ich fall dir um den Hals! Das hat deine Bäuerin vielleicht so gemacht, aber ich nicht! Ich hab andere Dinge in mir als das!

VOLKER Mein Fuß ist's! S' ist der Fuß!

TONKA Nein. Aber wie du dich benimmst – das ists.

VOLKER Natürlich ist es der Fuß. Es ist immer der Fuß.

TONKA Nein! Es ist nicht der Fuß! Aber ich bin ja kein Freiwild, schließlich, das jeder haben kann, wenn er nur will. Dem Abram ist das vollkommen egal, glaub ich. Wenns nach ihm geht, würd ich verrecken. Über Gott reden! Aber mich läßt er verhungern. *Sie dreht sich zu Volker.* Ich bin jetzt auch so, wenn er so ist.

VOLKER Warum rennst du dann dauern hinter ihm her? – Du läufst ihm nach wie ein Hund.

Sie sehen sich an. Volker beginnt wieder hastig zu arbeiten.

TONKA Ich versteh mich auch nicht.

VOLKER Was?

TONKA Ich versteh mich auch nicht. Daß ich ihm immer nachlauf, mein ich.

VOLKER *nach einer Pause:* Warum redest du nicht weiter?

TONKA Muß ich noch weiterreden?

VOLKER Ich versteh dich schon.

TONKA Wenn ich dich jetzt wollte, könnt ich dich haben, wenn ich wollte. Du verstehst schnell! Und dann heißts, ich bin schuld.

VOLKER Geh!

TONKA Nein!

VOLKER Ich hab die Maria lieb. Geh!

TONKA Wenn du sie lieb hast, warum hast du mir dann vorher die Füß weggeschaut?

VOLKER Und Abram? Wenn ers erfährt?

Tonka umarmt ihn.

TONKA Kümmer dich nicht um ihn.

VOLKER Du ekelst mich an.

TONKA *stößt ihn weg:* Ich ekel dich an. Das hat noch gefehlt. Jawohl! Du hast Grund dazu, grad du mußt das sagen!

Volker zieht sie an sich. Sie läßt es sich gefallen und macht sich schließlich los.

Du mußt zahlen! Also, wo ist das Geld?

VOLKER Ich zahl nicht. Nein.

TONKA Dann laß es. *Sie geht weg.* Ist mir fast lieber. *Volker läuft ihr nach und hält sie fest.*

VOLKER Sei doch nicht gleich so.

TONKA Wenn er jetzt käm, würd ich dich gar nicht mehr sehen. Aber er kommt nicht. Ich muß zu ihm kommen – und das tu ich nicht mehr. Nein!

Volker küßt sie.

STIMME MARIAS Volker! – Volker!

VOLKER *zu Tonka:* Schnell ins Schilf!

TONKA Von hier kann sie mich nicht wegjagen! Soll sie es doch sehen!

STIMME MARIAS Volker!

Maria tritt auf. Sie hat einen Brief in der Hand.

VOLKER Schnell! Dahin!

Er stößt Tonka ins Schilf. Volker geht ihr entgegen.

Was ist?

MARIA Volker! Lies! *Sie gibt ihm den Brief.* Er ist tot! Er ist endlich tot! Sie haben ihn für tot erklärt. Sag doch was!

VOLKER Mein Gott –

MARIA Wir können heiraten.

VOLKER Ja. Ja. Wir können dann heiraten.

MARIA Freust du dich denn nicht?

VOLKER *liest noch einmal:* Doch! Doch!

Er zieht Maria an sich, läßt sie aber wieder los und geht weg.

So, jetzt geh heim. Wir, wir gehen heut früh ins Bett.

MARIA Was hast du?

VOLKER Nichts. Ich muß arbeiten, sonst komm ich nicht mehr nach Landshut.

MARIA Natürlich, du mußt arbeiten. Ich hab geglaubt, es freut dich.

VOLKER *zärtlich:* Sei nicht so dumm! Wir gehen früh ins Bett. –

MARIA Ja.

Er küßt sie.

Also, ich geh jetzt. *Sie sieht die Bierflaschen.* Wo kommt denn das Bier her? Geht die Sauferei schon wieder los?

VOLKER *stottert:* Wenns so heiß ist – was machts schon – ein Bier –

MARIA Ein Bier! Da stehen noch mehr. Das ganze Geld für Bier!

VOLKER Gib Ruh und geh! Ich will tun und lassen, was ich will – und wenn ich saufen will, dann saufe ich!

MARIA Was hast du denn? Versprich mir, daß du das Bier aufgibst.

VOLKER *sieht sie nicht mehr an:* Ja. Geh! *Maria geht ab. Tonka kommt aus dem Schilf.*

TONKA Die ist wie ich eine Hur! Die machts wie ich! Aber rausschmeißen darf sie mich trotzdem!

VOLKER Schlechte Zähn kriegt sie schon.

Tonka geht zu Volker.

TONKA Hast du noch viel Arbeit?

VOLKER Ich machs nicht mit dir! Und wenn du noch fünf Stunden so dastehst!

TONKA Die willst du heiraten? *Sie lacht.* Das ist ein Witz!

VOLKER Das geht dich nichts an!

TONKA Macht die das immer so? Die hat die Hosen an bei euch, was? Sie ist ja auch älter!

VOLKER Halts Maul!

TONKA Sie ist alt!

VOLKER Und?

TONKA Drum schaust du mich so an. *Sie lacht.*

VOLKER *sucht einen Ausweg:* Sie – hat einen Hof.

TONKA Deswegen –

VOLKER *schreit:* Ich hab sie auch lieb! So geh doch endlich! Ich hab sie lieb.

TONKA Schau mich an. Schau, wie jung ich bin.

VOLKER Du riechst nach Bier.

TONKA Ja. Aber jung bin ich! Wenn du zahlen kannst, bin ich zu haben. In Zukunft und überhaupt. Willst du mich?

Volker trinkt.

Sie hat dir doch verboten, daß du trinkst!

VOLKER Ja.

Sie umarmt ihn. Sie läßt ihn los. Er läuft zum Bier und trinkt.

TONKA Schmeckts nicht?

Er schüttelt den Kopf.

Wirfs weg!

Er wirft es weg.

Damit du die Händ frei hast. Jetzt hast du den gleichen Geschmack im Mund wie ich.

VOLKER Man kann sich ja gar nicht gegen dich wehren.

TONKA Du mußt zahlen.

VOLKER *greift nach ihr:* Ich will doch zahlen. Ich zahl ja. Was kann ich mehr tun als zahlen. Warum machst du das alles mit mir! Und wenns der Abram erfährt, dann erschlag ich ihn.

Tonka klammert sich an ihn.

TONKA Er soll es erfahren! Wenn er mich so behandelt, dann mach ich das auch so. Grad extra! *Sie küßt ihn, läßt aber plötzlich los.* Nein. Ich darf nicht. Ich darf nicht. – Ich hab zuviel Bier.

Volker greift nach ihr.

VOLKER Was soll ich denn tun? Komm, renn nicht weg! Siehst doch, daß ich alles tu, was du willst.

TONKA Ich will – ja – aber – ich will nicht. Was du für Augen hast.

VOLKER Stell dich nicht an.

TONKA *hat Angst:* Schau mich nicht so an. Schau mich nicht so an! Ich hab zuviel Bier.

VOLKER Ich hab nicht lang Zeit. Ich zahl dann schon.

TONKA Also gut. *Sie beginnt, sich auszuziehen.*

VOLKER Du brauchst dich nicht auszuziehen. Es geht so. Sehen will ich dich gar nicht.

Siebte Szene

Brachland

Ein beschädigter Zaun, auf dem Abram sitzt. Von Zeit zu Zeit überfliegen Flugzeuge das Gelände. Man hört die Geräusche eines vorbeifahrenden Panzers. Die amerikanische Besatzung hält Manöver ab. Rovo tritt von hinten auf und blickt einem Flugzeug nach.

ROVO Es ist doch Frieden. Wieso – wieso fliegen die schon wieder? Und Mutter –. Es ist doch Frieden. Der Krieg ist doch aus! Oder?

Abram sieht Rovo.

ABRAM Rovo! Was ist denn mit dir?

ROVO Alle sollen tot sein, kommt mir vor. – Die schießen gleich wieder und es liegen wieder Tote rum, so wie damals, bevor ich in die Anstalt gekommen bin. Das geht immer so weiter und hört nie auf.

ABRAM Nein, Rovo. Es ist Frieden. Es gibt keine Bomber mehr. – Komm, setz dich zu mir.

Rovo setzt sich zu Abram. Sie schießen bestimmt nicht. *Er lacht.* Das ist Manöver, Rovo, das geht schon länger heut. Das ist nicht zum Angsthaben. *Er gibt ihm sein Taschentuch.* Du bist ja ganz naß vom Schwitzen.

Rovo wischt sich ab.

Erzähl mir, was los ist. *Keine Antwort.* Warum willst du mirs denn nicht sagen?

ROVO *lenkt ab:* Ich bin müd.

ABRAM Sag! Mir kannst es doch sagen.

ROVO *nach einer Pause:* Ich mag nicht mehr.

ABRAM Was?

ROVO *schnell:* Nichts.

Beide schweigen. – versucht zu lachen.

Abram, mein Vater ist jetzt tot. Heut ist der Brief gekommen. Vom Amt.

ABRAM So.

ROVO Mutter ist mit mir ins Dorf gegangen. Da ist der Brief gekommen, der Vater tot macht, und sie ist weggelaufen. Und jeder sagt, es wär recht, daß Vater tot ist. Und sie freuen sich auf die Hochzeit.

Er schweigt. Abram streichelt seine Arme.

Und was aus mir werden soll, weiß kein Mensch. Ich auch nicht. Wer solls wissen. – In die Anstalt kann ich nicht mehr. Sie wollens aber – auch wenns nicht geht. Nichts kann ich machen. Auch wenns nicht geht, wirds gehen. Es muß. Der Volker will, daß ich weg bin.

Beide schweigen. Abram streichelt wieder seine Arme.

Und dann immer die Flugzeuge – das alles – und Mutter – *Er schweigt.* Abram, wie lang bleibst du da?

ABRAM Lang.

ROVO Bestimmt?

ABRAM Bestimmt.

ROVO Bleib da, Abram.

ABRAM Vielleicht bleib ich da. – Wenns geht. Nur: Die lassen mich nicht in Ruh.

ROVO Mich lassen sie auch nicht in Ruh.

ABRAM *lächelt Rovo an:* Wenns geht bleib ich da.

Rovo grinst zurück. Abram rückt nahe an Rovo.

Ja.

Das Flugzeug kommt zurück. Abram legt Rovo die Hand auf die Schulter.

ROVO Schau! Die fliegen wie im Krieg in Richtung München. – Ich merk nichts vom Frieden, ich find, es ist viel wie im Krieg. Ich seh fast keinen Unterschied. Ich weiß, daß Frieden ist und trotzdem –. Wie die Leut sind.

ABRAM Ich seh viel Unterschied, Rovo. Ich bin froh, daß der

Krieg aus ist. Man hat doch jetzt wieder Aussicht auf ein gesichertes Leben. Man kann auch ganz von vorn anfangen. Drum freu ich mich über den Frieden. – Schau dir nur die Wolken an. Das gibt bestimmt Regen.

ROVO Muß. – Bei der Hitz!

Beide schweigen.

Du, ich hab heut eine Katz gesehen, die hab ich beim Schwanz gepackt und sie so rumgedreht und dann in die Höh geworfen, dann ist sie runtergefallen und war nicht tot.

Abram lacht, bis Rovo einstimmt.

ABRAM Ich denk mir immer aus, ich hab ein Geschäft – und das wirft soviel Geld ab, daß ich leben kann –

ROVO *da Abram nicht weiterspricht:* Und was noch?

ABRAM Sonst nichts. Das ist doch viel.

ROVO *nach einer kleinen Pause:* Was machst du eigentlich in der Stadt?

ABRAM Nichts. Warum?

ROVO So halt. Ich frag nur.

ABRAM Ich such Arbeit.

ROVO Warum?

Abram lacht. Rovo grinst ihn an.

Ich mein nur.

Die Totenglocke beginnt zu läuten. Abram streichelt Rovo übers Haar.

Die Totenglocke. Wer ist wohl jetzt tot. Die Wirtin, der Bäcker, die Huberin. Jeder kanns sein. Hörsts auch? – Ich hörs gern.

Abram streichelt Rovos Brust.

Bei dir sitzen ist schön.

ABRAM Ja?

ROVO Ja.

ABRAM Warum?

ROVO *lacht:* Ich fühl mich halt wohl. *Nach einer kleinen Pause, ernst.* Mit dir kann man reden.

Abram küßt Rovo. Die Metzgerin tritt auf, sie läuft sofort ab und schreit.

METZGERIN STIMME Der tut dem Rovo was! Kommts her! Schnell!

Maria, Bürgermeister, Metzgerin und Knocherl treten auf.

ROVO Was ist denn?

KNOCHERL Jetzt haben wir ihn.

METZGERIN Der hat den Rovo angelangt. Ich habs gesehen! Und noch mehr hab ich gesehen!

MARIA Es ist also doch wahr! *Sie gibt Abram eine Ohrfeige.* Hol sofort dein Zeug, daß ich dich nicht mehr seh bei uns.

Abram geht ab.

Rovo, warum bist du nicht daheim? Was tust du da auf dem Feld! Ich hab dir doch verboten, daß du woanders hingehst als nachhause! Nichts als Ärger hat man mit ihm. – Was hat er denn mit dir gemacht?

ROVO *unwillig:* Nichts! Warum?

MARIA Hat er dir weh getan?

ROVO Nein.

BÜRGERMEISTER Also, was ist jetzt mit dem Schaden, Maria.

MARIA Schau her, Bürgermeister: Da sind sie mit dem Panzer durchgefahren – über meine Wiese, direkt ins Feld von der Metzgerin.

Rovo verfolgt interessiert Marias Ausführungen.

BÜRGERMEISTER Ich werd es dem Landratsamt melden, daß sie euch einen Schadenersatz zahlen.

METZGERIN Gegen den Abram muß man doch was tun. *Keiner reagiert.* Gegen den werd ich was tun, wenn niemand was tut.

BÜRGERMEISTER Also setzts die neuen Stangen ein.

Achte Szene

Auf dem Hof des Bürgermeisters.

Rechts die Scheune, links der Stall. Georg trägt Heu von der Scheune in den Stall. Vor dem Wohnhaus ist ein langer Eßtisch für die Tagelöhner, an dem Barbara und Zenta sitzen. Barbara ißt. Neben dem Eßtisch ist ein Waschtrog, an dem sich Knocherl im Verlauf der Szene die verschiedensten Körperteile wäscht.

Bei Beginn der Szene tritt Paula auf.

BÜRGERMEISTERIN *zu Barbara:* Ja, so ist das mit der Erziehung, das ist immer –

Paula rückt sich einen Stuhl etwas vom Tisch weg und setzt sich.

PAULA Nur einen Liter Milch, Zenta.

ZENTA Ja, ich schau gleich. – Knocherl? Willst du nicht wieder bei uns arbeiten?

PAULA Nur arbeiten, fressen, saufen, schlafen? Nein. Da, also, da ist die Arbeit in der Fabrik Gold dagegen.

KNOCHERL Das wissen wir schon, daß du Arbeit hast.

Zenta geht ins Haus. Georg kommt mit Heu aus der Scheune.

GEORG *singt:* Scheint die liebe Sonne so warm, dann nimm ichs Papier untern Arm, scheint die liebe Sonne so heiß, dann sitz ich mich nieder und sch – – – eint die – *Er verschwindet im Stall.*

ZENTA *kommt zurück, zu Paula:* Es dauert noch etwas mit der Milch. *Sie schweigen.*

BARBARA *langsam:* Der Abram hat es eben nie vertragen können, wenn ihn jemand anrührt. Vielleicht hätt ich ihn nicht so schlagen sollen.

ZENTA Der Schwager von meiner Schwester, die in die Stadt geheiratet hat, der studiert Psicherlologie –

PAULA Psychologie.

ZENTA *gibt ihr recht:* Ja, der studiert Psicherlogie, ein feiner Mensch, und das hat was mit dem Charakter zu tun, sagt er, das Psicherlogie. Und man soll Kinder nicht schlagen. Das verhärtet den Charakter. Vielleicht hast du dem Abram den Charakter verhärtet.

BARBARA Ja, vielleicht –

ZENTA Ich hab meine, alle drei Kinder geschlagen, wenns notwendig war – und alle sind sie anständig.

PAULA Schau mich an. Ich bin grün und blau geschlagen worden, wie ich klein war. Und ich bin in Ordnung. Ich hab es zu was gebracht. Ich hab jetzt, sogar als Mädchen, Arbeit in der Fabrik. Bürogehilfin. Ich sag dir: am Charakter liegts.

GEORG *geht zurück zur Scheune:* Scheint die liebe Sonne so warm, dann nehm ichs Papier untern Arm, scheint die liebe Sonne so heiß, dann sitz ich mich nieder und schei – – nt die liebe Sonne – *Er verschwindet.*

ZENTA Die Rechtaler Bäuerin ist gestorben. Ganz schnell, Wißt ihrs schon?

KNOCHERL Na, da hat sie nicht lang zu leiden gebraucht. Der Rechtaler Bauer, der wär doch was für dich.

PAULA Ich bin ein Stadtmensch.

GEORG *kommt wieder zurück:* Scheint die liebe Sonne so heiß, dann sitz ich mich nieder und schei – – nt die liebe Sonne so warm, dann nimm ichs Papier untern Arm, scheint die liebe Sonne so heiß, dann sitz ich mich nieder und sch – –

KNOCHERL Scheiß! *Schallendes Gelächter.*

GEORG Ich setz mich jetzt auf den Hof her und scheiß direkt in die Mitt einen Haufen!

PAULA Geh, Schorsch, mach deine Arbeit.

GEORG *zu Paula:* Du hast ein neues Kleid an.

PAULA Ja. Du bist der erste, der das überhaupt merkt. Stehts mir?

GEORG Ja. – Dreh dich um – jaah – Schick!

PAULA Bin ich schon braun? Ich mein, im Gesicht?

GEORG Ja.

Sie geht zum Fenster und überprüft ihre Frisur.

Georg stellt ihr ein Bein, sie fällt.

GEORG *spielt geil:* Soll ich dich vernaschen? Eh?

PAULA Deswegen hab ich mich hergelegt, du Trottel! – Um Gottes willen, mein Kleid!

ZENTA Den Fleck kriegst du schon raus. *Zu Georg.* Da hört sich der Spaß auf, Schorsch.

GEORG Ich hab geglaubt, sie macht die Augen auf.

Der Pfarrer tritt auf, mit einer Milchkanne in der Hand.

PFARRER Ist die Milch schon da? Heut nur einen Liter, bitte. *Schweigen.*

GEORG Komm Knocherl, du brauchst dir nicht grad die Füß waschen, wenn der Pfarrer da ist.

ZENTA Es ist sowieso schon egal, von was uns schlecht wird. *Sie geht mit der Milchkanne ins Haus.*

KNOCHERL *nach einer langen Pause:* Angenommen, Herr Pfarrer, wenn es uns, ich mein, wenns keine Menschen gäb, dann gäbs doch auch keinen Gott, oder? Weil wir dann, wenn wir nicht da sind, ja nichts von ihm wissen können. Und wichtig ist nur, was wir wissen, oder?

Der Pfarrer antwortet nicht.

Ich möcht Sie drauf aufmerksam machen: Sie müssen mir Antwort geben. Sie sind von Berufs wegen dazu verpflichtet.

PFARRER Du verstehst halt nur, was du verstehen willst. Das ist bei dir so, Knocherl.

KNOCHERL Freilich. Weil – Herr Pfarrer – ich glaub, das mit Gott, das ist eine heikle Sach. Für Christus, für den wars einfach. Da sagt man immer, der war ein Mensch. Der hat sich immer helfen können – wenn ers auch nicht gemacht hat. Da sagt man immer, der war ein Mensch. Der hat, wenn er Hunger gehabt hat, aus Brösel ganze Wecken Brot gemacht.

PFARRER Das stimmt nicht. Das hat er nicht für sich, sondern für seine Mitmenschen gemacht.

KNOCHERL *beachtet den Einwurf nicht:* Der hat sich immer helfen können – wenn ers auch nicht gemacht hat.

GEORG Genau.

KNOCHERL Außerdem, er hat gewußt, was ihm blüht. Das ist bei uns Menschen ganz anders. Drum sag ich immer: Was das wirklich ist, Mensch sein, das weiß Gott gar nicht. Schauns, Herr Pfarrer, im Himmel muß es jetzt eine Maschine geben, die Seelen herstellt – und weil soviel Menschen da sind, hat man sich wahrscheinlich oben auf Fließband eingestellt –

ZENTA *lacht:* Auf Fließband! Nein, das ist ein Aff, der Knocherl!

KNOCHERL Und genau wie in der Fabrik, da werden auch viele Fehler gemacht am Fließband. Ganz im Ernst, Herr Pfarrer, wer ist denn dann am End, wenn man sichs überlegt, schuld an unseren Sünden?

BÜRGERMEISTERIN Da ist die Milch.

PFARRER Dankeschön. *Zu Knocherl.* Komm einmal zu mir, dann erkläre ich dir das genau. *Knocherl schweigt.*

KNOCHERL Leicht gesagt! *Zur Zenta.* Da sagt man, der Mensch ist da, daß Ordnung in der Welt ist. Wenn man sich da so ein bißchen umschaut – wenn er wirklich dazu da ist –

PFARRER Was ist das für eine Haltung, Knocherl. Die Kirch gibt dir Arbeit – du lebst also von der Kirch. Und greifst sie an.

ZENTA Das gehört sich wirklich nicht.

PFARRER Die Kirch kann auf laue Gläubige verzichten. Du mußt glauben, Knocherl. Da kommst du nicht drum rum. Fragen stellen kann jeder. Glauben! Du mußt glauben. Dann wirst du selig. Du darfst nicht immer alles auf die Kirch schieben.
Knocherl schweigt.
Ich kann keinen Totengräber brauchen, der gegen den Glauben ist. Du hast einen Beruf, wo man Glauben haben muß. Wenn du ihn nicht hast, mußt du gehen.

KNOCHERL Ich sag ja nichts. – Also gut, dann glaub ich dran.

ZENTA Herr Pfarrer, was sagst du zu der Sache mit dem Abram?

PFARRER Das ist ein schweres Problem. Auch für die Kirche. – Ja. – Wenn die Abartigen nicht wie normale Menschen Befriedigung erlangen können, dann müssen sie ihre Triebe unterdrücken.

KNOCHERL Das kann man nicht.

PFARRER Das geht. Ich kanns auch.

KNOCHERL Man muß nicht gleich so unmenschlich sein und was unterdrücken.

GEORG Genau.

KNOCHERL Helfen! Die Kirch müßte ihm helfen, dem Abram.

PFARRER Und warum hast du das Klugbauer Joseferl nicht gerettet, wie es in der Vils ertrunken ist? Warum hast du nicht geholfen?

KNOCHERL Das ist was anderes. Ich kann nicht schwimmen. Außerdem waren genug junge Leute da. Die hätten ihn auch retten können. Ich red jetzt ja von der Kirch und vom Abram.

PFARRER Du hast das Klugbauer Joseferl einfach sterben lassen.

KNOCHERL Er hat mir aber leid getan, der arme Bub.

ZENTA Mir auch. So jung und schon tot.

PFARRER Daß die andern nicht ins Wasser hineingesprungen sind, kann ich zwar nicht billigen, aber ich kanns verstehen. Die haben das Leben noch vor sich.

GEORG Das stimmt. Da hat der Pfarrer recht.

KNOCHERL *zu Georg:* Und warum bist du nicht hineingesprungen?

GEORG Und warum du nicht?
Knocherl überlegt.
Ich hab das Leben noch vor mir.

ZENTA Eben Knocherl. Da kann er also nicht hineinspringen. Du hättest können. – Den Klugbauer Josef, den hast du auf dem Gewissen.

METZGERIN *tritt mit einer Milchkanne auf, zu Barbara:* Am liebsten würd ich dir sagen: ich red kein Wort mehr mit dir. Das würd ich dir am liebsten sagen. Aber du bist nur die Mutter, du kannst nichts dafür.

BARBARA Was ist denn?

METZGERIN Weißt du, was er getan hat, dein Herr Sohn? Den Rovo hat er fast vergewaltigt. Ja, das ist einer, der Abram – wird höchste Zeit, daß er von hier wegkommt.

Neunte Szene

Wohnraum in Marias Haus.
Szene wie 5. Bild. Maria steht mit einem Bund Brennesseln vor Rovo, Rovo, mit nacktem Oberkörper rennt hinaus.

MARIA Rovo! Geh nicht weg! Rovo!
Volker tritt auf. Auf beiden Armen Tüten und Pakete.

VOLKER Glaubst du, daß das was nützt? Siehst doch, was es nützt. – Brennesseln! Sowas! *Er legt die Waren auf den Tisch.*

MARIA Volker, ich glaub, ich machs nicht richtig mit ihm.

VOLKER Also, für mein Gefühl soll er in eine Anstalt.

MARIA Das sagst du, weil du ihn nicht magst. – Ach, Volker! Gut, daß du wieder da bist. Es ist gut, daß du da bist.

VOLKER War die Tonka da?

MARIA Nein. – Warum?

VOLKER Nur so.
Maria sieht sich die Waren an.
Was war mit Rovo!

MARIA Der Abram hat ihn heut nachmittag fast vergewaltigt. *Keine Antwort.* Rovo war immer so nett zum Abram und der macht dann sowas! Ich hab ihn rausgeworfen. – Er ist schon weg.

VOLKER Deswegen kannst du ihn doch nicht rauswerfen.

MARIA Aber wenn er so ist.

VOLKER So! Was heißt das: So! So!

MARIA Du wirst doch nicht zu ihm halten.

VOLKER Freilich nicht. – Schau, das, glaub ich, ist der richtige Deckel für den Marmelad'kübel.
Maria beurteilt den Deckel.
Was weißt du überhaupt davon, ich mein, von sowas. Nichts weißt du!

MARIA Hast du kein Brot eingekauft?
Volker gibt ihr das Brot und packt ihr einige Pakete auf.
Aber: Er ist doch ein Verbrecher!

VOLKER Warum ist er ein Verbrecher?

MARIA Es steht Zuchthaus drauf!

VOLKER Verflucht, du kannst doch das nicht nach richtigen Verbrechen beurteilen. Was glaubst du, was für Verbrecher herumlaufen, wenn es nach dem Gesetz ging. Wird höchste Zeit, daß das abgeschafft wird. Verbrechen! – Schwul! Ich hab das im Krieg auch gemacht.

MARIA Du?

VOLKER Ja.

MARIA Ja, aber du bist doch ein Mann, Volker.

VOLKER Was glaubst du, wieviel das im Krieg gemacht haben. – Ich mein, man soll solche Leut in Ruh lassen. Die wissen schon selber über sich Bescheid.

MARIA Eine Bürste hast du nicht bekommen?

Volker gibt sie ihr.

Nur: daß diese Leut, die sowas tun, daß die uns nicht in Ruh lassen.

VOLKER Du willst unbedingt, daß der Abram ein Verbrecher ist.

MARIA Ja.

VOLKER Bitte. – Wie ich den Rovo kenn, ist der auch nicht so unschuldig.

MARIA Volker – der Rovo ist doch nicht normal.

VOLKER Ich hab geglaubt, der Abram auch nicht –

MARIA Aber – er ist doch mein Kind.

VOLKER Ich weiß auch nicht, was mit mir heut los ist. Muß die Hitz sein. Trag das hinein.

Maria geht.

Du, hast du heut schon mit der Tonka gesprochen?

MARIA Das fragst du schon das zweite Mal.

VOLKER So. Frag ich das schon das zweite Mal. Sowas!

MARIA Du, der Abram hat die Miete vorausbezahlt. Soll ich es ihm zurückgeben?

VOLKER Wenn ers verlangt, sonst nicht.

MARIA *lacht:* Wenns um Geld geht, dann bist du da. Weißt du was, ich gebs ihm überhaupt nicht mehr.

Maria geht ab. Volker packt sich die restlichen Pakete auf. Man hört einen Steinwurf an einem Fensterglas.

STIMME TONKAS Abram!

Volker legt die Pakete wieder ab und läuft zum Fenster.

STIMME VOLKERS Was willst du da?

STIMME TONKAS Ich will –

STIMME VOLKERS Geh weg da! Die Maria sieht dich doch!

Tonka kommt herein.

TONKA Ich will –

VOLKER Du kriegst das Geld schon noch!

TONKA Ich will zu Abram, laß mich in Ruh! – Abram!

VOLKER Du sollst still sein! *Er faßt sie an den Schultern.*

TONKA Laß mich los. Mir wird schlecht, wenn ich so nah bei dir bin.

VOLKER Geh. Sie kann jeden Moment hereinkommen. Du kriegst das Geld schon! Ich bring es dir heut nacht zur Scheune. Geh jetzt! Sie kann jeden Moment hereinkommen.

TONKA Behalt dein Geld. Ich wills nicht. Ich will zu Abram. Abram!

Volker will sie wegdrängen.

Ich erzähls ihr! Ich komm irgendwann, wenn du noch so auf sie aufpaßt! Ich erwisch sie allein!

VOLKER Geh! *Er wirft sie zu Boden.*

TONKA Das Kind!

VOLKER Du sollst gehen! Als ob du nicht genau weißt, daß der Abram nicht mehr bei uns wohnt. Du bist selber dran schuld, warum hast du mich soweit gebracht. Glaubst du, ich laß mir von dir wieder alles kaputtmachen! *Er geht wieder auf sie los.*

Verschwind!

Tonka weicht vor ihm zurück.

TONKA Mein Gott, ich hab doch dem Abram was wichtiges zu sagen, wo ist er dann, wenn er bei euch nicht mehr ist? Und jeder sagt, daß er weggeht aus dem Dorf. Er muß doch wissen, daß ich ein Kind von ihm krieg. Das muß er doch wissen – *Sie läuft weg.*

VOLKER Laß dich hier nicht mehr blicken!

Zehnte Szene

Die Bushaltestelle.

Die Leute stehen in Gruppen und warten auf den Bus. Die Flüchtlingsfrau und Konrad treten auf.

FLÜCHTLINGSFRAU Hier bleib stehen und schrei, wenn der Bus kommt.

Sie geht wieder ab, Konrad setzt sich unter das Bushalteschild. Barbara, Metzgerin und Bürgermeister treten auf.

BARBARA Ich bin dran schuld. Ich kenn das. Und die Leut zeigen auf mich, jetzt, wo es alle wissen. Weil ich die Mutter bin. Erschlagen würd ich ihn am liebsten.

BÜRGERMEISTER Was willst du denn in Frontenhausen?

BARBARA Ich will weg.

METZGERIN Aber es weiß doch jeder, daß du nichts dafür kannst.

BARBARA Jetzt noch! Aber die vergessen das schnell!

BÜRGERMEISTER Du bist eben eine gute Arbeitskraft. Du kannst uns doch jetzt nicht im Stich lassen. Jetzt, wo bald Erntedank ist.

METZGERIN Glaub mir, gegen dich hat niemand was. Wir hätten nicht gewußt, was wir gemacht hätten, ohne dich, letztes Jahr. Was Dankbarkeit ist, das wissen wir schon. Und arbeitsscheu bist du nicht.

BÜRGERMEISTER Du kannst nichts dafür, daß er so ist. Keiner wird dich deswegen schief anschauen. Kannst bei uns wohnen.

BARBARA Ich bin so alt. Kein Mensch kann das glauben, wie alt ich manchmal bin. – Hoffentlich kommt der Bus bald.

Sie verabschiedet sich stumm mit Händedruck von beiden, die abgehen. Zenta und Christine treten auf. Die Metzgerin nimmt sie beiseite.

METZGERIN Ich hab den Abram angezeigt, bei der Polizei. Ich hab telefoniert heut nachmittag – wegen der Sache mit dem Rovo. Morgen kommen sie und verhaften ihn.

CHRISTINE *geht zu Georg und Max:* Max! Max! Die Polizei kommt ins Dorf, du, die Polizei! Wegen dem Abram!

MAX Was hast du denn?

CHRISTINE Was? – Weil wir schwarz geschlachtet haben.

MAX Ich glaub, das ist nicht so gefährlich für uns, wenn sie wegen dem Abram kommen. Dann suchen sie kein Fleisch.

CHRISTINE Wer weiß, wenn die auch zu uns kommen.

MAX Jetzt haben wir eine Demokratie. Fleisch ist eine andere Dienststelle als das mit dem Abram. *Max, Georg und Christine gehen zu Zenta und der Metzgerin.*

GEORG Du hast ihn angezeigt?

METZGERIN *plötzlich Heldin des Tages:* Ja. Ich hab ihn angezeigt.

MAX Dann kommt er jetzt weg. Mir war er nie sympathisch.

METZGERIN *erklärt:* Ich hab Angst, daß er eines Tages auf meinen Franzi losgeht. Deswegen hab ich ihn angezeigt. Ich hab nur mehr das Kind. Gegen ihn hab ich nichts. Er ist mir egal.

GEORG Das ist richtig. Der gehört vor den Staatsanwalt.

ZENTA Mir tut die Tonka leid.

METZGERIN Das hat sie davon. Und wer weiß überhaupt, ob das Kind nicht von einem anderen ist. Erstens ist sie eine Hur, zweitens ist der Abram andersrum, und drittens ist –

KONRAD Der Bus! Der Bus kommt! Schnell, komm, Mutter! *Konrad läuft ab. Die Leute verabschieden sich von Barbara. Die Flüchtlingsfrau, Konrad und alle laufen zur Seite, von der der Bus kommt. Der Bus fährt ab. Knocherl kommt.*

KNOCHERL Ist der Bus weg?

Die Leute kommen von der Abfahrtsstelle zurück.

ZENTA Ja.

KNOCHERL Ist die Barbara weg.

ZENTA Ja.

ANTON *zur Flüchtlingsfrau:* Ich hab auch schon eine Wohnung in Landshut. Jetzt wirds besser.

FLÜCHTLINGSFRAU Erzähl! – Ich hab ein paar Zigaretten für dich, Anton.

Anton gibt Konrad eine Tafel Schokolade.

Iß sie daheim. Sonst wollen alle was.

Die einzelnen Gruppen reden miteinander. Abram tritt auf. Es wird plötzlich still.

ABRAM Ist der Bus schon weg? *Keine Antwort.* Vielleicht fährt jemand von euch mit dem Auto nach Landshut und kann mich mitnehmen. *Keine Antwort.* Oder nach Frontenhausen. *Keine Antwort.*

MAX Jetzt, Schorsch! Jetzt!

GEORG Soll ich?

MAX Freilich. Los! Das wird 'ne Hetz.

GEORG *geht auf Abram zu:* Wir haben gehört, du möchtest nach Landshut fahren. Soll ich dich hineinfahren?

Die Männer lachen.

Aber nur, wenn ich auch einmal darf!

Er preßt sich an Abram. Abram stößt ihn weg. Größte Heiterkeit.

Darf ich nicht? Süßer! Komm, laß mich doch!

ANTON Laßt ihn doch in Ruhe!

KNOCHERL Die Schlesier, also, was die Schlesier sind, die haben in Bayern überhaupt nichts zu reden.

DIE METZGERIN Jawohl!

Die Flüchtlingsfamilie ab.

ABRAM *zu Zenta:* Wo ist meine Mutter?

Zenta antwortet nicht.

GEORG Wenn du mich ein bißchen netter behandelst, dann sag ich dirs. – Ach du –

Er betastet Abram, der ihn abwehrt. Abram ist eingekeilt.

ABRAM Laßt mich durch!

GEORG Und wie er heut wieder ausschaut! Mmh-h! Zucker! Möcht richtig anbeißen. Er ist nur so zu mir, weil ihr alle zuschaut. Sonst ist er ganz anders.

Abram läuft weg.

Hast heut deine Tage, Abramherzi?

Eine ungeheure Lachsalve.

MAX Mensch, du bist gut heut, Schorsch. Komm!

Die Leute gehen ab, oder in die Wirtschaft. Zenta und die Metzgerin gehen zur Metzgerei.

ZENTA Das war aber auch nicht schön!

DIE METZGERIN Aber das ist doch nicht so schlimm. Es sind ja keine Kinder mehr da.

ZENTA Stell dir das Gesicht von der Barbara vor, wenn der Abram mit demselben Bus gefahren wär.

Zenta und andere lachend ab. Der Pfarrer tritt auf.

DIE METZGERIN *zum Pfarrer:* Ich wollt den Franzl entschuldigen, Herr Pfarrer, weil er gestern nicht im Unterricht war. Aber der muß jetzt ein bißchen mitverdienen, beim Kartoffelklauben.

PFARRER Das sehe ich alles ein. Aber das Kind kommt zu kurz.

DIE METZGERIN Aber der wird doch nur ein Bauer. Zum Mistauflegen reichts schon. Wir sind auch nicht anders erzogen worden und sind auch keine Hallodris geworden. Wir sind ehrliche, brave Leut. Und das soll der Franzl auch werden. Der soll werden, wie wir alle, dann ist er in Ordnung.

Elfte Szene

Im Hochwald. Dämmerung. Die Stämme von riesengroßen Eichen. Knocherl trifft Max.

KNOCHERL Hoffentlich regnets morgen. Daß das Gras wachsen kann.

MAX Hoffentlich nicht, Knocherl. Wir haben noch das Korn draußen.

Zwölfte Szene

Am Fluß.
Szene wie 6. Bild. Abram sitzt am Fluß und wirft Steinchen. Tonka steht von ihm abgewandt. Sie kaut an einer Semmel.

TONKA Du weichst mir aus, die letzte Zeit.
Abram schweigt.
Du ziehst bei der Maria einfach aus und sagst mir nichts. Das geht doch nicht. Du kümmerst dich nicht um mich und ich weiß nie, wo du bist. Und da hab ich dich betrogen. Nein, sag bitte nichts. Mir tut es doch leid. Und ich war betrunken.
Abram schweigt. Sie sieht ihn an.
Ich hab es dir gleich sagen müssen. Gleich. Ich hab es nicht mehr ausgehalten.
Abram schweigt.
Ich, mein Gott, ich hab dich betrogen, verstehst du das nicht?
ABRAM Doch. Ich versteh dich schon.
Beide schweigen.
TONKA Sag doch was! *Pause.*
ABRAM Tonka, ich geh weg aus dem Dorf.
TONKA Wir können doch dableiben, Abram.
ABRAM Und ich geh weg von dir.
TONKA *nach einer langen Pause:* Ja, aber – warum denn? Was hab ich denn falsch gemacht? Ists, weil ich dir fremd gegangen bin?
ABRAM Nein.
TONKA Ists, weil ich kein Geld hab? Ists, weil ich zu jung für dich bin? Warum willst du weg von mir, sag doch! Warum?
ABRAM Wisch dir die Semmelbrösel vom Mund weg. Ich könnt jetzt sagen, was ich wollte, und du verstehst es nicht. *Langsam.* Ich hab versucht, dich zu lieben. Ich hab es wirklich versucht. Aber ich muß mich zu dir zwingen.
TONKA Du hast versucht, mich zu lieben. Du hast dich zu mir gezwungen. *Sie denkt nach.* Und ich hab wirklich geglaubt, wir lieben uns. Wir gehören zusammen, hab ich geglaubt. – Warum sagst du mir das alles, Abram?
Sag doch, daß es nicht wahr ist. –
Mußt du denn alles kaputtmachen! *Sie geht zu ihm.* Abram, ich

muß dir noch etwas sagen. Du wirst dann keine Dummheiten mehr sagen, wie vorhin. Du – und du gehst bestimmt nicht mehr weg. – Ich kriege nämlich ein Kind von dir. – Ich hab es dir nicht früher sagen können, weil du mir immer aus dem Weg gegangen bist. – Du darfst nicht mehr solche Sachen sagen, wie vorhin.

ABRAM Ein Kind?

TONKA Was ist denn? Freust du dich nicht?

ABRAM Ob ich mich freu? Bist du wahnsinnig? Wie hast du dir das vorgestellt? Wie kannst du – du kannst doch kein Kind von mir auf die Welt setzen.

TONKA Abram, sag, stimmt das, was die Leut im Dorf über dich reden?

ABRAM Ja.

TONKA Du hast doch mich. Ich würd mich –, ja, ich würde mich für dich in so kleine Stückchen zerreißen lassen, hörst du! – Warum um Gottes willen hast du mir gezeigt, wie schön alles ist? Warum – sag mir doch – nimmst du mir jetzt alles wieder? Jetzt wo ichs weiß – *Sie schreit.* Und was wird aus mir?

ABRAM Ich denk, du willst dich für mich zerreißen lassen?

TONKA Für dich kann man sich nicht zerreißen lassen. Bei dir muß man immer an sich selber denken. Du darfst nicht gehen, Abram. Wegen dem Kind.

ABRAM Laß es wegmachen. Sofort!

TONKA *nach einer Pause:* Nein. Ich laß es nicht wegmachen!

ABRAM Ich hab doch mit mir genug! Warum hast du nicht aufgepaßt. Du hast nicht aufgepaßt, daß ich dich heirat.

TONKA Nein. Aber jetzt müssen wir wohl heiraten.

ABRAM Nein. *Pause.* Geh!

TONKA Warum bin ich denn an allem schuld? Du kannst doch keine Kinder machen, wenn du sie dann nicht willst. Was du bist und wie du bist und was du willst und was du denkst, interessiert mich nicht. Was du getan hast mit mir, das interessiert mich.

ABRAM Ich will dich nicht! Ich will kein Kind! Ich will auch nicht für ein Kind sorgen! Ich will dich nicht!

TONKA *schreit:* Ja! Ja! Du willst mich nicht! Ich dräng mich dir nicht auf! Mir wird schlecht, wenn ich dran denk – *Wild.* Einen Menschen, wie dich, so einen will ich gar nicht mehr gern haben. – Mein lieber Herr und Heiland, wie hab ich denn bis jetzt gelebt? – Ich krieg ein Kind. – Du kannst gar nicht anders zu mir sein, weil nichts drin ist in dir, du hast kein Gefühl für andere Leut. – *Sie sieht ihn nicht an.* Du mußt mich heiraten. Das Kind braucht einen Vater. Es soll später, wenn es groß sein wird, allen sagen können: Ich hab einen Vater. Mich mußt du halt mitnehmen.

Beide schweigen.

ABRAM Ich kann dich nicht heiraten.

Beide schweigen.

Ich kann dich nicht heiraten.

TONKA Solang ich dich geliebt hab, war ich dir gut genug. Das hat dir gut getan, daß dich jemand liebt, was?

ABRAM Wisch dir doch endlich die Semmelbrösel weg. Geh!

TONKA Ich hab den ganzen Dreck mit dir für Liebe gehalten. Ich werd ein Kind auf die Welt bringen, und niemand will es, weils ein Versuch ist.

ABRAM Du hast mich soweit gebracht, daß ichs versucht hab. Geh!

TONKA Ich bleib hier, und ich schrei solang, bis ich keine Luft mehr hab, schrei ich dir ins Gesicht, was du bist –

ABRAM Wer weiß, von wem das Kind ist.

TONKA Und ich zwinge dich, daß du mich heiratest.

ABRAM Mein Leben gehört mir. Mir! Und du kommst nicht hinein. Nur weil alle behaupten, es wär eine Schweinerei, wie ich leb, ist es noch lang keine. Deswegen, weil die immer reden und reden, diese Leut, deswegen kriegst du das Kind. Nicht weil ich dich liebe. Es ist mir egal, was die Leut reden. Und was mit dem Kind wird, ist mir auch egal! Du kannst es aufziehen oder wegmachen lassen, mir liegt nichts dran. Geh!

TONKA Ich will das Kind nicht. Ein Kind von dir will ich nicht. Weiß du, was ich mit dem Balg machen werd? Ich nehm es bei den Füßen und schlags auf den Boden, mit dem Kopf zuerst. – So und so und so! Und weißt du warum? Weil ich nicht will, daß der Vater –

ABRAM Hör auf und verschwind!

TONKA Jedem schrei ichs ins Gesicht –

ABRAM Schrei! Schrei doch! Mir machts nichts aus! Ich bins gewöhnt!

TONKA Jeder hörts von mir, daß du kein Mann bist!

Abram packt sie am Hals.

ABRAM Geh!

TONKA Weißt du, was du bist?

ABRAM Wirst du still sein? Du Vieh!

Tonka reißt sich los.

TONKA Eine schwule Drecksau bist du!

ABRAM Du sollst still sein. *Er nimmt sein Messer und sticht blindlings auf sie ein.* Sei still! Nur nicht reden! Nur nicht schreien! Wenn du schreist, dann kriegst dus.

Tonka bricht zusammen. Er sticht mechanisch weiter.

Nicht schreien! Das Kind ist es! Das Kind auch tot! Weils mein Kind ist! Soll den Vater spüren! – Du sollst dir doch endlich die Semmelbrösel abwischen. *Er hört plötzlich auf.* Was ist denn?

Dreizehnte Szene

Im Hochwald.

Szene wie 11. Bild. Volker und Maria sitzen auf einem Schießstand. Beide haben Gewehre.

VOLKER Jetzt sinds schon Stunden.

MARIA Ja.

Beide schweigen.

Wir können uns das, wo jetzt mein toter Mann in Ordnung ist, nicht mehr leisten, daß wir den Rovo im Haus haben. Er ist gefährdet auf dem Dorf, das haben wir gesehen mit dem Abram. Und er ist gefährlich, weil er unnormal ist.

VOLKER Ihm wär geholfen und uns auch, das sag ich doch immer. Und der Doktor ist auf die Dauer genauso teuer wie eine Anstalt.

MARIA Er hat nur blöd geschaut, aber ist scheinbar einverstanden, wie ichs ihm beigebracht hab, gestern abend, daß er jetzt wieder in eine Anstalt kommt. Er steht nur im Weg, jetzt wo wir wieder dazugehören könnten und wo alles wieder in Ordnung kommen könnt.

VOLKER Ja.

MARIA Wenn ich ihn weiter mit Brennesseln abreib könnts leicht sein, daß mir das jemand als Brutalität auslegt.

VOLKER Wenn wir den Abram erwischen würden, dann würden

wir sehr gut dastehen. Da könnten die Leut sehen, daß wir auf ihrer Seite sind und einer Meinung mit ihnen. – Es ist nur dumm, mit meinem Fuß kann ich schlecht hinter ihm her.

MARIA Wichtig ist, daß wir ihn lebendig fangen. Schieß ihn in seinen Fuß, wenn er vorbeikommt, dann haben wir ihn.

VOLKER Mit dem Geld für den Abram könnten wir die Anstalt schon eine zeitlang finanzieren.

Christine und Max treten auf.

MAX 2500 Mark Belohnung, wenn wir ihn erwischen, hat der Kriminaler gesagt. Da käm endlich eine Wasserleitung ins Haus. Und du kannst nicht mehr.

CHRISTINE Ich geh heim. Such allein weiter. Die Füß brennen und das Kreuz tut mir weh mit jedem Schritt.

MAX Du bleibst da. Alle suchen, dann kannst du auch! Komm!

CHRISTINE *steht auf und geht ihm nach:* Und lauf nicht immer hinter mir her, geh ins Hölzl! *Beide ab. Zenta und Georg treten auf.*

GEORG Du kannst die Taschenlampe ausmachen, Zenta. Jetzt sehen wir ihn auch mit freiem Aug.

ZENTA Das Vieh braucht uns, Schorsch.

GEORG Du wirst doch nicht 2500 Mark wegwerfen, nur weil der Bürgermeister schreit. Ists unser Vieh?

Die Metzgerin und Knocherl treten auf.

DIE METZGERIN Was ist?

GEORG Nichts. Nichts zu finden.

Sie schweigen.

DIE METZGERIN Wir, ich und der Knocherl, wir haben uns überlegt, ob wir nicht mit jemand halbe halbe machen könnten.

KNOCHERL Jede Partei kriegt 1250. *Pause.*

GEORG Das wär nicht schlecht.

Zenta nickt.

DIE METZGERIN Wir teilen den Wald auf. Jeder kriegt ein Viertel. Ich nehms von der Lichtung bis zur Straße. Der Knocherl das Hölzl. *Sie zeichnet den Waldgrundriß auf den Boden.* Dann bleibt für euch noch diese Hälfte übrig. Teilt euch das auf. So hats mehr Zweck.

Die Flüchtlingsfrau und Anton treten auf.

ZENTA Ist recht.

KNOCHERL In drei Stunden treffen wir uns beim Holzlager.

FLÜCHTLINGSFRAU Er ist nicht zu finden.

Anton bietet Zigaretten an. Alle greifen zu.

ANTON Machen wir eine Rauchpause.

Die Leute grüßen stumm Maria und Volker.

KNOCHERL Du hättest es doch gar nicht nötig, das Suchen. Wo du Arbeit hast.

FLÜCHTLINGSFRAU 2500 haben und nicht haben sind 5000.

Niemand lacht.

ANTON Für mich ist das Suchen schon schwer, wenn ich nicht mit meiner Frau geh. Ich kenne ihn doch fast gar nicht und weiß nicht mehr, wie er aussieht. Es ist dumm! Ich muß jeden fragen, den ich treffe im Wald und den ich nicht kenn, ob er Abram heißt. – Wissen Sie, da macht die ganze Sucherei keinen Spaß.

Vierzehnte Szene

Bei einer Scheune.
Zwei Jungen werfen abwechselnd mit einem Messer gegen die Wände der Scheune.

1. JUNGE Der ist sicher über alle Berge. – Steckt wieder nicht.

2. JUNGE Ich – also, ich würd gar nicht wissen, was tun, wenn mich alle jagen.

1. JUNGE Ich auch nicht. Wahrscheinlich in den Bayerischen Wald gehen oder in die russische Zone.

Sie schweigen, der 1. Junge wirft.

2. JUNGE Kriminaler ist ein schöner Beruf. Man kann telefonieren, und der Staat zahlts. Man kann Auto fahren. Man kann Leut verhaften –

1. JUNGE 2500 Mark hat er heut mittag versprochen.

2. JUNGE Wieso kann der eigentlich soviel Geld versprechen, nur für den Abram?

1. JUNGE Das verstehst du nicht, da bist du noch zu jung. – Alles lassen die Leut im Stich. Das Vieh, den Hof, die Ernte – – wegen 2500 Mark.

Er wirft. Das Messer fliegt in die Scheune. Er geht hinein. Nach einer Pause kommt er heraus und läuft schnell von der Bühne. Der 2. Junge wartet und geht dann in die Scheune. Nach einer weiteren Pause kommt der 1. Junge mit Max und Georg zurück. Dann Zenta und Christine, zuletzt die Metzge-

rin. Der zweite Junge kommt aus der Scheune. Georg zieht sein Messer heraus.

GEORG *in die Scheune:* Abram kommt raus!

DIE METZGERIN *zu Georg:* Paß auf, daß dir nichts passiert! *Zu Zenta:* Das wär die Sach nicht wert, daß ihm was passiert, jetzt, wo er grad den Krieg überstanden hat.

GEORG Ich hab das Messer! Komm raus, Abram! *Pause.* Oder wir holen dich raus.

Pause. Abram tritt aus der Scheune. Stille.

DIE METZGERIN Mörder!

ABRAM Wieso?

DIE METZGERIN Schlagt ihn tot! Los!

CHRISTINE Dann ist das Geld weg.

DIE METZGERIN Hast wohl geglaubt, es kommt nicht auf?

ZENTA Die Kriminal ist schon unterwegs.

DIE METZGERIN Ja. Die Leiche haben sie auch.

ABRAM Was für eine Leich? Ich weiß nichts von einer Leich.

DIE METZGERIN Aber wir! Die du umgebracht hast, die Tonka. Die Leich.

Georg geht auf Abram zu.

GEORG Ich hab ein Messer.

Abram weicht vor Georg zurück.

DIE METZGERIN Mörder!

ABRAM Wer – wen haben – wer ist denn umgebracht worden?

GEORG Frag noch! Du hast sie nicht umgebracht! Warum bist du dann weggelaufen?

ABRAM Ich bin nicht weggelaufen.

DIE METZGERIN Es hat aber niemand gewußt, wo du bist!

ABRAM Müssen denn immer alle wissen, wo ich bin?

GEORG So und jetzt bringen wir dich zur Kriminal.

Er geht mit dem Messer auf Abram los. Abram weicht zurück, wird von Männern von hinten gepackt und abgeführt.

Fünfzehnte Szene

Vor der Friedhofsmauer.

Ein aufgeworfenes Grab. Maria, Volker und der Pfarrer stehen davor, Knocherl mit einer Schaufel daneben, Christine, Zenta, die Metzgerin, Max und Georg etwas dahinter.

MARIA Auf freiem Feld muß er liegen. Der Rovo. Die Hund werden ihn ausscharren. Ich laß einen Zaun herummachen. Damit er geschützt ist. Und Blumen pflanz ich auch, und ein geschnitztes Holzkreuz kriegt er auch. Später. Ein schön geschnitztes. Ja.

PFARRER *nach einer Pause:* Ich darf keinen Segen geben.

MARIA War er kein Mensch?

VOLKER Reg dich doch nicht auf, Maria.

PFARRER Ich hab die Bestimmungen nicht gemacht. Ein Selbstmörder darf nicht in geweihten Boden.

VOLKER Aber einsegnen dürfen Sie ihn doch.

MARIA Warum sind Sie dann hinter uns hergelaufen? Er braucht doch einen Segen.

VOLKER Er hat nicht gewußt, was er getan hat. Er war doch krank.

MARIA Und katholisch. Ich hab auch für ihn die Kirchensteuer bezahlt. In der Kirch sagen Sie immer, ein Katholik hat ein Recht auf ein geweihtes Grab und den Segen Gottes. Kirchensteuer zahl ich jetzt keine mehr. Die haben alle gehört, daß Sie sich nicht an das halten, was Sie auf der Kanzel sagen.

Der Pfarrer schweigt.

Er war jeden Sonntag in der Kirche.

VOLKER *stellt den Pfarrer so, daß er mit dem Rücken zu den Leuten steht:* Niemand siehts! Wir verraten es nicht.

MARIA Dann geh. Aber ich bin nie wieder in der Kirch!

VOLKER Die Leut sehen es nicht. Und wir erzählens niemand. Oder? Knocherl?

KNOCHERL Nein.

PFARRER Also gut. *Er macht hastig und verstohlen das Kreuzzeichen.*

MARIA *sehr undankbar:* Danke.

Sie gibt ihm Geld und geht wieder ans Grab. Der Pfarrer geht ab.

DIE METZGERIN Hat sie ihm ein Geld gegeben?

ZENTA Wieviel wars denn?

DIE METZGERIN Ich habs nicht gesehen. Vielleicht fünf Mark.

ZENTA Daß sie sich nicht schämt!

Knocherl beginnt, das Grab zuzuschaufeln.

MARIA Das poltert, als obs ihn wecken soll.

VOLKER Mußt du den Dreck so laut hineinwerfen?

KNOCHERL Das ist so laut!

MARIA Wenn er nur manchmal geredet hätt, der Rovo. Ich versteh es nicht.

VOLKER Das versteht niemand.

MARIA Warum hat er mir das angetan? Warum? Mein Gott, wie ists denn möglich, daß er tot ist –

DIE METZGERIN Immer wenns kritisch wird, muß Gott herhalten. Immer.

MARIA Wir haben nicht aufgepaßt. Wir sind schuld. Warum hast du den Strick nicht weggegeben?

VOLKER Jetzt wär ich schuld! Was kann ich dafür! Ich hab nichts damit zu tun!

MARIA Nein! Freilich kannst du nichts dafür. – Volker, du wirst mich heiraten, oder?

VOLKER Ja.

DIE METZGERIN *zu Zenta:* Geh weg! Ich hab einen schlechten Platz da. Ich seh doch nichts.

ZENTA Sssst!

MARIA Man hat ihm gar nichts angesehen. Wer denkt denn gleich an sowas. *Sie geht zum Grab.* Rovo! Rovo! Jetzt – jetz hab ich das geschafft, grad noch, daß er den Krieg überlebt hat. Und jetzt bringt er sich selber um. Es ist vielleicht wirklich besser für ihn. Schau, ewig hätt ich auch nicht gelebt, und dann wär er in eine Anstalt gekommen – es ist wirklich besser so für ihn. Vielleicht – hätt ich mich mehr um ihn kümmern sollen. Er fehlt mir bestimmt.

VOLKER Da gewöhnt man sich dran. Es ist eben passiert.

MARIA Den allerschönsten Platz hab ich ihm gegeben.

DIE METZGERIN Er spürts nur nicht mehr.

MARIA Komm, gehen wir! Komm, Volker.

DIE METZGERIN Mein Beileid!

ZENTA Ja, auch von mir: Herzliches Beileid!

MARIA Danke.

Maria und Volker ab. Die Leute, außer Knocherl und Zenta folgen ihnen in einigem Abstand.

KNOCHERL *schaufelt:* Herzliches Beileid! Herzliches – Beileid. Herzlich Beileid. – Ts-ts.

Zenta geht zu Knocherl.

ZENTA Sie hat nicht einmal gebetet. Und wie sie sich entschuldigt hat!

KNOCHERL Ja.

ZENTA Ein schöner Sarg wars. *Schaut ins Grab.* Wie kann

man sich nur selber umbringen. So schön wie das Leben ist. Man müßt solche Leichen nehmen und sie in ein heißes Öl hineintun, damit sie es noch einmal warm haben – daß sie spüren, was sie weggeworfen haben – Was meinst du dazu, Knocherl?

KNOCHERL Wenn er nicht will, der Rovo, dann soll ers wegwerfen. *Er ist fertig. Er soll ein Notkreuz aus Holz aufstellen.* Wo ist der Kopf? Oben oder unten? Das sollt man jetzt wissen! – Daß ich auch nie aufpaß, wo der Kopf ist!

Sechzehnte Szene

Im Büro des Dorfpolizisten.
Abram sitzt auf einem Stuhl. Paula schreibt mit, der Inspektor sitzt hinter einem Schreibtisch.

INSPEKTOR Haben Sie das?
PAULA Ja.
INSPEKTOR Weiter.
ABRAM Und dann hab ich das nicht mehr ausgehalten. Und dann hab ich sie angeschrien, sie soll Ruh geben. Und hab ihr den Mund zugehalten. Und sie hat wieder angefangen damit. Dann hab ich das Messer genommen. Es hat ihren Bauch zerschnitten und – alles.
INSPEKTOR Wie oft haben Sie zugestochen?
ABRAM Ich weiß es nicht, ich hab es schon zählen wollen –
INSPEKTOR Sie wissen es sicher noch.
ABRAM Ich weiß es wirklich nicht mehr.
INSPEKTOR Wie ist die Leiche in den Fluß gekommen?
ABRAM Ja.
INSPEKTOR Wie?
PAULA Soll ich das alles mitschreiben?
INSPEKTOR Alles mitschreiben – *Zu Abram:* Vielleicht können Sie etwas lauter reden.
ABRAM Ich – ich hab sie in den Fluß geschmissen.
INSPEKTOR Tragen Sie immer ein Messer bei sich?
ABRAM Ja, meistens.
INSPEKTOR Was machten Sie die Zeit bis zur Festnahme?

ABRAM Ich bin lang gelaufen, lang. – Ich hab meine Hände gewaschen im Fluß. Wir haben uns nur gestritten.

Tonka wird auf einer Bahre hereingetragen. Das Gesicht wird abgedeckt.

INSPEKTOR Haben Sie dieses Mädchen ermordet?

ABRAM Ja – Ja, natürlich.

INSPEKTOR Hatten Sie das Mädchen anders in Erinnerung?

ABRAM Ja. Lustiger.

INSPEKTOR Das ist alles vorerst.

Die Bahre wird hinausgetragen. Abram wird abgeführt.

Schreiben Sie das ab. – Ja, so ein Mord muß veramtet werden. Eine angenehme Arbeit, wenn die Leute gestehen.

PAULA Der hat komische Sachen gesagt.

Siebzehnte Szene

Feldweg.

Die Metzgerin und Knocherl beim Spaziergang

DIE METZGERIN Ruhig ists.

KNOCHERL Man könnt sogar sagen, daß es richtig still ist.

DIE METZGERIN Ja.

KNOCHERL Daß es das gibt, daß es so still ist. Es ist direkt schön, wenns so still ist.

DIE METZGERIN Ja, man möchts nicht für möglich halten.

Sie schweigen.

Richtig ruhig ists.

Sie gehen weiter.

KNOCHERL So still kanns auch nur sein, weil Kirchweih ist.

DIE METZGERIN Ja.

KNOCHERL Und weil niemand da ist. Wenn jemand da wär, wärs nicht still.

Sie gehen weiter.

Achtzehnte Szene

Wirtshausgarten.
Schattig. Alle Dorfbewohner sitzen an Tischen und trinken, außer dem Bürgermeister und seiner Frau. Eine Blaskapelle spielt.

PAULA Die arme Tonka. Das war meine beste Freundin.
METZGERIN Ich hab sie auch gut leiden können.
PAULA Sie hats schwer gehabt. Mit einem Mörder als Freund.
GEORG Ja.
ZENTA Sie war noch so jung und hat schon sterben müssen.
GEORG Ja.
ZENTA Sie war ja fast noch ein Kind.
METZGERIN Und der hat ihr ein Kind angehängt.
ZENTA Der Kinderverführer.
METZGERIN Ein Unhold war das.
GEORG Das kommt, weil die Jugend nicht hört auf die älteren Leut, die ihre Erfahrungen haben ...
KARL *unterbricht:* Hast schon viel Erfahrung drin, wie man stirbt?
Gelächter. Der Bürgermeister kommt aus der Wirtschaft.
BÜRGERMEISTER Ruhe!
KNOCHERL Ruhe! Unser Bürgermeister will reden!
CHRISTINE *zu Knocherl:* Besoffenes Elend du!
KNOCHERL *zur Metzgerin:* Was hat der Pfarrer heut gesagt? Das Unkraut muß gejätet werden? *Er lacht.* Da muß ich gleich saufen – Wirtin, eine Helle – daß er mich nicht ausreißen kann. Ja, ja, die Sonntagsmesse, die brauch ich!
BÜRGERMEISTER Ruhe!
KNOCHERL Paula, bring mir ein Bier!
BÜRGERMEISTER Ruhe!
Die Kapelle spielt wieder weiter.
Ruhe!
Ruhe tritt ein. Alle hören.
Warum denn nicht gleich! Also: Ich hab einen Anruf aus Landshut bekommen. Das Urteil ist gesprochen. Lebenslänglich.
Beifall.
Die 2500 Mark gehören uns. Wir verwenden das Geld also,

wie wir es vereinbart haben, daß wir für das Geld die Orgel richten lassen. – Daß wir in der Kirch wieder singen können.

Beifall.

Ich möcht euch bitten, überlegt es euch bei den nächsten Bürgermeisterwahlen, daß dieser bedauerliche Mordfall in jeder Gemeinde hätt passieren können. Ich hoff, ihr hört nicht auf den Löffl Horst, der behauptet, das hätt ich vermeiden können. Ich hätt es nicht vermeiden können, denn dieses Vorkommnis hat uns Gott auferlegt und wir wollen Gott danken daß wir es ohne Anfechtungen und so gut und korrekt überstanden haben. – Es ist am besten, wir reden nicht mehr drüber.

Beifall.

Ruhe! Wir haben eine schöne Ernte gehabt und haben mit Gewinn gearbeitet. – Und sonst ist auch wieder Ruhe im Dorf. Wir müßten eigentlich Gott dankbar sein, daß dieses Jahr doch noch so erfolgreich geworden ist.

Beifall.

ZENTA Wer hat denn angerufen? Das mit unserem Mörder?

BÜRGERMEISTER Ich hab meine Verbindungen.

METZGERIN Was hat denn die Barbara ausgesagt?

BÜRGERMEISTER Das weiß ich noch nicht.

METZGERIN So.

VOLKER Wo ist denn die Barbara jetzt überhaupt?

BÜRGERMEISTER Es heißt, in Aham ist sie. Wird wohl nicht wiederkommen. Wenn sie wiederkommt, bei uns kann sie jedenfalls nicht mehr wohnen. Das ist klar. Das war alles, was ich euch sagen wollte. Ich hab für euch getan, was ich konnte. Ich schlag vor, daß wir jetzt zum gemütlichen Teil übergehen.

Langer Beifall. Alle trinken.

GEORG Und ich sag, für solche gehört der Hitler wieder her.

METZGERIN Bist nicht gleich ruhig!

MAX Vergast gehört er! Vergast! Der Abram. Da muß doch die Todesstrafe wieder her.

CHRISTINE Also, Mann, jetzt sauf nicht so.

KNOCHERL *volltrunken:* Recht hast! Prost! Den hätten wir kastrieren sollen.

GEORG Ja. Dem hätten wir das Zipferl wegschneiden sollen.

METZGERIN Es sind Kinder da. Red nicht solche Sachen.

ZENTA *zu Maria:* Wann heiratet ihr zwei denn?

VOLKER Bald. Sobald es geht.

MARIA Und dann machen wir eine Wallfahrt nach Altötting.

BÜRGERMEISTER Gut, daß die zwei weg sind, die Tonka und der Abram. Da käm die Stadt schon aufs Land raus.

MARIA Ja.

GEORG Meine Stimme kriegst du, Bürgermeister. Die anderen wählen dich auch. Wir sind zufrieden mit dir.

MARIA Ja.

BÜRGERMEISTER Spielts mein Lied!

Die Kapelle beginnt zu spielen.

KNOCHERL Und ich tanz mit der Paula.

PAULA Ach geh! – Knocherl, hör auf!

KNOCHERL Wenn du nicht willst, dann bist du gleich abgemurkst, wie die Tonka.

Knocherl und Paula tanzen.

ALLE *singen:* Ich schieß den Hirsch im wilden Forst
im dunklen Wald das Reh.
Den Adler auf der Klippe Horst
die Ente auf dem See.
Kein Ort, der Schutz gewähren kann,
wo meine Büchse zielt
und dennoch hab ich harter Mann
die Liebe auch gefühlt.
Und dennoch hab ich harter Mann
die Liebe auch gefühlt.

Landshuter Erzählungen

Personen

OTTO LAIPER, *Baugeschäftsunternehmer*
MARHA, *seine Frau*
SORM, *sein Sohn*
GLASP, *sein Sohn*
ROBERT GRÖTZINGER, *Baugeschäftsunternehmer*
SIEGLINDE, *seine Tochter*
VEIT, *Marhas Bruder*
FRAU RINGSGWANDEL, *Wirtin*
PFANZELT, *Vorarbeiter bei Grötzinger*
HÄRTL, *Vorarbeiter bei Laiper*
FUHRMANN, *Bauarbeiter*
ARZT
BEERDIGUNGSUNTERNEHMER

STUMME ROLLEN: *Rita, eine Friseuse. Immi und Emmi, Bedienungen in der Wirtschaft. Die Frau von Fuhrmann. Die Frau von Härtl. Helga, ein Kaufmannslehrling. Drei Arbeiter Laipers und ihre Frauen. Ein Pfarrer in Zivil. Ein Photograph. Zwei Sargträger. Alfons, ein Säugling.*

ORT: *Landshut in Bayern.*
ZEIT: *1958.*

Erste Szene *Baustelle von Laiper*

Dachziegelschutt. Im Hintergrund ein Transparent: Otto Laiper, erstes Baugeschäft am Platz. Sorm sitzt auf einem Zementsack. Härtl, Fuhrmann und Laiper stehen.

LAIPER Was dir mein Sohn sagt, Fuhrmann, ist nicht verbindlich. Der Geschäftsinhaber bin ich. Ist das klar. *Zu Sorm:* Ist dir das auch klar.

SORM Ist gut.

LAIPER Ein für allemal: Ich bin der Chef. Und wo gebaut wird, und was für Bindemittel genommen werden, – das bestimme ich, Otto Laiper. – Schreib dir das hinter deine Gewerkschaftlerohren, Härtl. – Ihr könnt weiterarbeiten.

FUHRMANN *stottert vor Aufregung:* Ist in Ordnung. Ich hol meine Papiere.

SORM Fuhrmann! – Fuhrmann, überlegs dir.

LAIPER Komm aber nicht zu mir, wenn du keine ordentliche Stellung findest. Ich geb dir noch eine Chance.

FUHRMANN Erstens zahlt der Grötzinger pünktlich, und zweitens wird man beim Grötzinger wie ein Mensch behandelt, und drittens sind die Arbeitsbedingungen anders. Da geh ich hin.

LAIPER Fuhrmann! Komm, es war nicht so gemeint.

FUHRMANN Und wenn mich der Grötzinger nicht nimmt, geh ich zum Schratzenstaller. Das laß ich mir nicht mehr gefallen von Ihnen, Herr Laiper. Es sollen doch Spanier kommen als Gastarbeiter. Holen Sie sich die. Das Gesocks können Sie fertigmachen, aber mich nicht. Daß mir meine Frau davongelaufen ist, geht nur mich was an.
Laiper beginnt ungeheuer zu lachen.
Ich laß mir Ihr Gerede nicht mehr gefallen.

LAIPER *kann fast nicht atmen vor Vergnügen:* Ich versteh deine Frau. – – Ist das komisch.

FUHRMANN Für mich ists nicht komisch. – Ich hol meine Papiere. Mir reichts jetzt.

LAIPER Man kann doch drüber reden. Vielleicht zahl ich dir auch mehr.
Fuhrmann geht ab. Laiper bekommt einen Hustenanfall.
Zu Härtl: Was stehst du rum! Arbeit!

HÄRTL Komm, Laiper, beherrsch dich! Jetzt ist Mittagspause, und da tu ich, was mir paßt. Auf keinen Fall arbeiten. – Noch was: Unsere Aufenthaltsräume sind immer noch nicht vorschriftsmäßig. In dem Dreck kann sich kein Mensch aufhalten. Wenn das nicht geändert wird, informier ich die Gewerkschaft.

LAIPER Wenn die Gewerkschaft so schöne Forderungen stellt, soll sie mir die Putzfrau dazu liefern oder das Maul halten.

HÄRTL Ich sag dirs nur. – Außerdem möcht ich wissen, ob nächstes Jahr unsere Baustellen winterfest ausgestattet werden. Wenn es so werden soll wie letztes Jahr, muß ich was unternehmen. Als Vorarbeiter hab ich eine Verantwortung.

LAIPER Ihr kriegt Schlechtwetterzulage, – und jetzt ist Februar, da wirds nicht mehr schlimm. Das hat Zeit.

HÄRTL Es gibt Schutzvorrichtungen. Wenn du sie nicht bezahlen kannst, mußt du deinen Laden zumachen. Das wollt ich dir sagen. *Er geht ab.*

LAIPER Ich schwitz.

Beide schweigen.

Meinst du, der Fuhrmann meints ernst?

SORM Natürlich ists ihm ernst. Ich hab dir hundertmal gesagt, du darfst keine giftigen Bindemittel nehmen. Du kannst nichts machen, wenn er geht. – Ich kanns verstehen.

Beide schweigen.

Bei dem Arbeitskräftemangel.

Beide schweigen.

Du merkst nicht, worum es geht. Nach Luft schnappen und krank sein, das kannst du. Und den Herrn spielen. Der Härtl ist immerhin Vorarbeiter. Glaubst du, der läßt sich noch lang so behandeln?

LAIPER Das ist mein Geschäft. Ich bin der Chef. – Das kommt nur, weil du denen immer Sachen versprichst, die man nicht halten kann.

SORM Man kann sie halten, wenn man will. Wir hätten keinen einzigen Arbeiter mehr, wenn ich das nicht zusichern würd.

Beide schweigen. Veit tritt auf.

LAIPER *grüßt:* Veit!

VEIT Die Aussichten sind jetzt besser, daß ich kandidier, Otto. Ich war gerad auf einer Versammlung.

SORM Du hast vor zwei Jahren versprochen – –

LAIPER *unterbricht:* Versprochen. Was heißt versprochen. Man verspricht oft was.

SORM Du hast versprochen, wenns hält zwischen der Sieglinde und mir, machst du keine Schwierigkeiten, und –

LAIPER Kann ich riechen, daß es hält?

SORM – und ich krieg den Betrieb.

LAIPER Das Geschäft kriegst du. Das mit der Heirat war nicht so wörtlich gemeint. Erzähl, Veit.

SORM Daß wir uns richtig verstehen, ich will das Geschäft, bevor ich geheiratet hab.

LAIPER Ich hab meine Gründe, daß ich dagegen bin. Achtzehn Jahr probiert der schon, daß er mich ruiniert. Lieber verreck ich, als daß der Grötzinger meinen Betrieb schluckt, das sag ich dir. Das laß ich nicht zu, weil: darauf kommts ihm an. Und deswegen hat er dir seine Tochter auf den Hals gehetzt. Aber von dem Hergelaufenen laß ich mir meinen Betrieb nicht wegnehmen. Unser Haus ist schön und unter Denkmalschutz, und da wird mir von den Grötzingern keiner Herr drin. Da bleib ich Herr!

SORM Wer nimmt dir was weg. Die Sieglinde ist das einzige Kind vom Grötzinger. Ich erb, wenn ich sie heirat, seinen Betrieb auch. Chef von beiden Betrieben bin eines Tages ich.

LAIPER Achtzehn Jahr streit ich mit dem. Und ich krieg ihn noch, verlaß dich drauf! Deswegen: Nein zur Heirat. Dann kauf ich sein Geschäft auf, was Veit, wenn er hin ist, und du bist Chef von allem. Auf was anderes kann ich mich nicht einlassen. Der Grötzinger ist noch jung.

SORM Das auch. Vor allem kann er mehr als du. Der kann arbeiten. Deswegen wirds Zeit, daß ich das Geschäft krieg.

LAIPER Das hat Zeit. Vorerst führ ich mein Geschäft selber weiter. Du meinst, du hast Chancen zum kandidieren, Veit?

SORM Falsche Versprechungen machen, das kannst du – sonst nichts. Das ist meine Sach, wen ich heirat, merk dir das! – Wie willst du das Geschäft weiterführen? Wo du keine Ahnung hast davon? Du bist nur eine Behinderung mit deinen unmodernen Geschäftsmethoden. –
Was arbeiten wir denn? Das Gaswerk baut der Schratzenstaller. Die Sozialwohnbauten hat alle der Grötzinger. Wir bauen Einfamilienhäuser mit Garagen, und Dachstühle bessern wir aus, und Reparaturarbeiten machen wir dann. Wenns so weitergeht.

LAIPER Dann spezialisier ich mich auf solche Sachen.

VEIT Die Stadtwerkeaufträge sind uns sicher, zum Beispiel,

durch meine Beziehungen zur Stadt. Und die werden immer besser.

LAIPER Ist das nichts?

SORM Nein. Das ist nichts, Veit. Für mich ist das zu wenig. – Was heißt: Dann spezialisier ich mich auf solche Sachen. Und was machst du mit den Zementmaschinen? Was machst du mit den großen Baugerüsten? Verkaufen kannst du die Sachen nicht rentabel, weil sie unmodern und unpraktisch sind. Und wegwerfen kannst du sie auch nicht, wegen Verlust. Wo bleibt denn deine Spezialisierung! – Außerdem sind bis dahin sowieso alle Arbeiter gegangen.

VEIT Weil der Grötzinger Abwerbung treibt. Das ists.

SORM Das tut er nicht. Bei uns gehen sie von selber. Und wenn, angenommen, er treibt Abwerbung. Was hat er denn, daß die Arbeiter zu ihm gehen.

LAIPER Abwerbung ists.

VEIT Er zahlt Tarif wie wir, warum sollen die gehen.

SORM Es geht nicht immer um Geld. Er hat mehr zu bieten. Und: verbietet er seinen Arbeitern vielleicht, daß sie in die Gewerkschaft eintreten?

LAIPER Hab ich das getan?

SORM Du hasts nicht geschafft. Aber du hasts versucht, und das nehmen sie dir übel – mit Recht. Außerdem zahlt er Winterzulagen und liefert Arbeitskleidung. Ganz zu schweigen von seinem modernen Maschinenpark, der die Arbeit für die Leut leichter macht.

LAIPER Arbeiten wollen die nicht. Das ists. Wenn schlechte Zeiten kommen –

SORM *unterbricht:* Wir haben keine schlechten Zeiten! Komm mir nicht immer mit diesen dummen Argumenten. Arbeitest du vielleicht? Die Hälfte von meiner Arbeit ist, deine Fehler wieder gerad biegen. – Ich will das Geschäft, bevor dus kaputt gemacht hast.

LAIPER In unserer Zeit geht kein Baugeschäft ein.

SORM Das nicht. Aber unrentabel wirds. Und deswegen gehts ein.

LAIPER Ein Betrieb steht und fällt heutzutag mit den Arbeitern. Und da haben wir genug.

SORM Alte. Die bleiben auch da. Aber die Lehrlinge bilden wir aus, und dann gehen sie.

LAIPER Die jungen verstehen das nicht. Die Arbeiter brauchen ein Betriebsklima. Das haben sie bei mir. Arbeiter sind Menschen.

SORM Nein. Arbeiter sind Arbeiter. Menschen sind sie daheim und haben Familie. Dafür brauchen sie Arbeit, Geld und eine Krankenkasse. Und es dauert nicht lang und – –

LAIPER Was dauert noch alles nicht mehr lang? Jedenfalls laß ich nicht zu, daß der Grötzinger in meinem Betrieb später einmal was zu sagen hat. Aus Prinzip. Du heiratest die Sieglinde nicht. Ich hab meine Gründe.

SORM Und wenn sie Jüdin ist! Na und! Außerdem, so schlimm ists gar nicht. Sie ist nur Halbjüdin.

LAIPER Das interessiert mich nicht. Ich hab andere Gründe. Ich habs dir erklärt. Gegen Juden hab ich nichts.

SORM Ich scheiß auf deine Gründe. Ich heirat sie.

Glasp tritt auf.

LAIPER Ich sag dir was: Das ist noch sehr fraglich, ob das dein Geschäft wird. Der Herr im Haus bin immer noch ich. *Er bekommt einen Hustenanfall.*

GLASP *zu Sorm:* Erstickt unser Vater? *Er klopft Laiper auf den Rücken:* Langsam! Stell dir vor, du erstickst: Würds dich nicht ärgern, wenn mich dann niemand am Studieren hindern könnt.

VEIT Was gibts, Glasp?

GLASP Die Mutter hat gesagt, ich soll euch sagen, daß die Aufträge zurückgezogen worden sind – von den Stadtwerken – für nächstes Jahr. Und zum Essen ists, sagt sie.

SORM Warum?

GLASP Was weiß ich?

LAIPER Wer hat sie?

GLASP Das weiß ich nicht sicher. Ich glaub, der Grötzinger.

VEIT Die kriegen wir schon wieder. Der Vorsitzende hat gesagt, er protegiert mich. Dem kann ich sagen, er soll mit dem Stadtbauamt reden. Und wenns hinhaut mit meiner Kandidatur und mit den Wahlen, sitz ich als Stadtverordneter direkt an der Quelle. Die kriegen wir schon wieder.

LAIPER Der Grötzinger. So. Die heiratest du nicht, Sorm!

Zweite Szene *Im Frisiersalon*

Marha und die Wirtin werden behandelt.
Es ist Spätnachmittag.

WIRTIN Dein Mann macht das nicht richtig, Marha. Die Arbeiter sind im Moment das Wichtigste. Wie will er bauen, ohne Arbeiter.

MARHA Wir haben genug Arbeiter. Der Otto machts schon richtig.

WIRTIN Ich weiß nicht, Marha. Die Zeit ist jetzt so, daß wir für die Arbeiter da sein müssen. Anders verdienen wir nicht. Bei mir ists dasselbe. Ich muß für meine Bedienungen mehr tun als früher. Und muß zahlen. Seit ich mich überwunden hab, daß ich mehr zahl, verdien ich mehr. Wir müssen für die Arbeiter da sein, wir Unternehmer. Zumindest so tun als ob. Bis es für uns wieder günstiger steht. Das hat der Laiper noch nicht verstanden.

MARHA Soweit kommts noch, daß wir für die Arbeiter da sind!

WIRTIN *nach einer Pause:* Mir gehts momentan nicht so gut. Seitdem neben meiner Wirtschaft für die Besatzungssoldaten dieses Negerlokal aufgemacht hat, hab ich Sorgen, ob meine Stammkundschaft bleibt. Ich hab nichts gegen Schwarze, aber schön ist das nicht, wenn sie im Haus nebenan aus und ein gehen.

MARHA Es ist eine Schand! Mitten in der Altstadt! – Ich kann eigentlich nichts dagegen sagen. Wir verdienen ganz gut mit den Aufträgen von den Amis. *Sie lacht.* Die zahlen, was man verlangt. Aber vor der Haustür Neger ist schon unangenehm.

WIRTIN Bis jetzt kommen meine Kunden noch. Aber wer weiß.
Beide schweigen. Die Friseuse geht hinaus.

MARHA Das Haarwaschen ist wieder teurer geworden. Das ist ein teurer Friseur. Der ist sehr teuer.

WIRTIN Ja. Aber wer was auf sich gibt, kann nicht woanders hin.
Die Friseuse tritt auf, hinter ihr Sieglinde.

SIEGLINDE Bitte. Ich bitt Sie, Fräulein Rita, ich brauch den Termin übermorgen unbedingt. Vielleicht können Sie mich noch irgendwie dazwischen schieben. Ich muß zum Tanztee ins Regina-Palast-Hotel nach München. Bitte.
Rita sieht nach. Schweigen.

MARHA Grüß Gott, Fräulein Grötzinger.

SIEGLINDE Frau Laiper! Grüß Gott, ich hab Sie gar nicht gesehen. Grüß Gott, Frau Ringsgwandel.

MARHA Könnten schon grüßen, Fräulein Grötzinger. Wär vielleicht nicht so falsch, wo Sie meinen Sorm heiraten wollen.

SIEGLINDE Ich hab Sie nicht gesehen, Frau Laiper, wirklich.

MARHA Ist das die Schweizer Erziehung, die Sie haben, Fräulein Grötzinger?

SIEGLINDE Frau Laiper, ich –

MARHA *unterbricht:* Will der Sorm auch hin? In diesen Regina-Palast-Hotel-Tanztee? Das wär nicht notwendig, daß der hingeht. Ich seh seinen Umgang mit Ihnen nicht gern, Fräulein Grötzinger.

SIEGLINDE Ich weiß nicht, was Sie gegen mich haben, Frau Laiper. Ich hab Ihnen doch nichts getan.

Rita gibt Sieglinde einen kleinen Zettel.

Oh! Oh, vielen Dank, Fräulein Rita. Also bis übermorgen. *Sie steckt ihr Geld zu.* Auf Wiedersehen. *Zu den Damen:* Auf Wiedersehen.

Sieglinde ab. Rita folgt ihr.

MARHA Weißt du, was die ist? Neureich in der zweiten Generation. Die glaubt, sie kann sich alles erlauben! Dem Sorm sag ich immer, daß ich sein Verhältnis mit der für schweinisch halt. Dieses Flittchen! Die will nur in unser Geschäft hinein. – Und wie gehts dir mit deinem Pfanzelt?

WIRTIN Seine Frau wehrt sich noch immer gegen die Scheidung.

MARHA Sowas! Die ist doch schon lahm, was braucht sie da noch einen Mann.

Rita kommt zurück und setzt Marha unter die Trockenhaube.

WIRTIN Aber eines Tages wird sie einwilligen müssen.

MARHA Ach, der Pfanzelt ist in Füssen?

WIRTIN Ich sag: Früher oder später ist es soweit.

MARHA Leid tut sie mir auch, die arme Frau, natürlich.

WIRTIN *wird von Rita zum Haarewaschen präpariert:* Und gesundheitlich gehts dem Otto?

MARHA Wer spielt im Lotto?

Der Kopf der Wirtin verschwindet im Waschbecken und wird gewaschen.

Dritte Szene *Grötzingers Büro*

In einer Baracke am Lagerplatz. Die Kaffeepause geht zu Ende. Sieglinde arbeitet. Grötzinger raucht und liest Akten. Fuhrmann tritt auf und gibt Sieglinde Papiere.

SIEGLINDE Der Auslieferungsschein ist nicht unterschrieben.
Fuhrmann unterschreibt.

GRÖTZINGER *legt die Akten beiseite:* Langsam aber sicher schaff ichs, daß ich dem Laiper alle Aufträge wegschnapp. Weil er sich drauf verläßt, daß er von Tradition her ein paar Aufträge sicher hat und nichts mehr dazu tut. Und ich nehm ihm einen nach dem anderen weg, weil ich drum kämpf. Und das zäh. Bis zum Stadtwerkeauftrag waren wir gleich. Jetzt stehts anders. Jetzt steh ich an erster Stelle. Das muß jeder zugeben, daß ichs weit gebracht hab. Nach dem Krieg Maurerpolier und jetzt das größte Baugeschäft in Landshut und Umgebung. Da kann ich stolz darauf sein. Auf mein Geschäft, was?

FUHRMANN Ja.

SIEGLINDE Fuhrmann, schaun Sie nach, ob alles auf dem Lkw drauf ist für den Silobau in Reinöd.
Fuhrmann geht ab.

GRÖTZINGER Dabei macht mir der Stadtwerkeauftrag nur unnütze Arbeit, weil er eigentlich nicht in mein Programm paßt. Aber damit hab ich das erste Mal einen Vorsprung vor ihm und bin das erste und größte Baugeschäft am Platz. Warts ab, Sieglinde, und ich dehn mich bis München aus. Der Laiper ist im Grund keine Konkurrenz mehr. Ich hab mit meinen Maschinen und mit meiner Organisation das Rationellste, was man sich vorstellen kann. Da kann der nie dagegen an. Und wenn du den Sorm heiratest, ist alles entschieden. Dann bin ich der Sieger. Sieger bin ich in jedem Fall. Jetzt bin ich der erste. *Er trinkt seinen Kaffee aus und schlägt auf den Tisch:* So! Aufgehts! *Er fängt an, zu arbeiten.*

SIEGLINDE *während sie etwas in die Maschine tippt:* Hast du dir schon überlegt, wer die Ausschreibungen bearbeiten soll, wenn ich das Kind krieg?

GRÖTZINGER Nein. Willst du nichts mehr tun?

SIEGLINDE Die letzten drei Monate nicht mehr. Und ich bin jetzt im Vierten.

FUHRMANN *tritt auf:* Grötzinger, Sie müssen sich den Ziegelaufzug anschaun. Da ist die Sicherung defekt.

SIEGLINDE *gibt Grötzinger eine Schreibmappe:* Da mußt du unterschreiben.

GRÖTZINGER Schnappt der Raster nicht ein? Oder was ist damit. Wo muß ich unterschreiben.

Sieglinde zeigts ihm.

FUHRMANN Ich habs ausprobiert. Er schnappt schon ein, aber er ist ganz locker. Wenn da ein großes Gewicht drankommt, könnts leicht sein, das gibt nach, und die Last fällt einem auf den Kopf oder sowas.

GRÖTZINGER Schreib dirs auf, Sieglinde, daß das repariert wird. Im Moment ist niemand frei. – Da wird schon keinem was passieren. Die sollen halt aufpassen. Ich kann einen anderen Aufzug jetzt nicht freimachen, ich brauch alle für den Stadtwerkeauftrag. Aber sobald es geht, wird das repariert. Ihr müßt ein bißchen aufpassen, dann geht er schon noch.

SIEGLINDE Und sonst ist alles im Wagen, Fuhrmann?

FUHRMANN Ja.

SIEGLINDE Gut. Morgen fahren Sie mit nach Reinöd, Fuhrmann. Geben Sie den Auslieferungsschein dem Fahrer, wenn er kommt.

Fuhrmann ab.

GRÖTZINGER *hat einen Brief aus der Schreibmappe in der Hand:* Warum lehnst du den Auftrag ab?

SIEGLINDE Wir sind voll ausgelastet.

GRÖTZINGER Den kleinen da, den können wir leicht noch unterbringen. Bevor den ein anderer kriegt, machen den schon wir.

SIEGLINDE Dann mußt du alles auf Akkord umstellen, sonst schaffen wir das nicht. Die müssen sowieso schon alles nur so runterhauen, sonst können die keinen Termin mehr halten. – Ich würd ihn ablehnen.

GRÖTZINGER Nein, den machen wir noch. Da. Neuschreiben. – Wer wird Bauführer in Reinöd?

SIEGLINDE Gilhamer.

GRÖTZINGER Schreib dir auf, daß wir was gegen unseren Brettermangel tun müssen. Baugeschäft ohne Bretter! Das ist ja lächerlich. Ich heiß doch nicht Laiper. – Also: Baustelle Windorf große Zementmaschine Donnerstag. Nächsten Montag kommt sie dann nach Reinöd. Bis Montag kleine Zementmaschine aus Ergolding nach Reinöd bringen. Soll der Wawra machen. Der Kran bleibt bis Montag in Ergolding, und dann kommt er auch nach Reinöd, daß die Bauern was zum Gaffen haben. Direkt von Ergolding aus. Schreib mir auf, wann das Richtfest ist in Ergolding, da muß ich hin. Und den Lkw soll jemand von der Reparatur ab – – –

Pfanzelt tritt auf.

PFANZELT Der Meier ist auf der Baustelle in Windorf vom vierten Stock abgestürzt.

GRÖTZINGER Was?

PFANZELT Der Meier ist auf der Baustelle in Windorf vom vierten Stock abgestürzt.

GRÖTZINGER Wann?

PFANZELT Er war gleich tot.

SIEGLINDE Ist ein Arzt dort?

PFANZELT Nein. Ich bin gleich hergefahren.

GRÖTZINGER Ruf einen Arzt an, Sieglinde, und alles sonst. Ich schau mirs an. Fahren Sie mich hin, Pfanzelt. Wie ist denn das passiert, Pfanzelt. Wie kann denn das passieren!

Beide ab.

Vierte Szene *Sorms Zimmer*

Sieglinde und Sorm liegen nackt auf der Couch. Ein Tonband mit Schlagern läuft. Sorm ist mit Sieglindes Körper beschäftigt.

SIEGLINDE Wir müssen heiraten, Sorm. Wirklich. Wir müssen heiraten.

SORM Ja.

SIEGLINDE *nach einer Pause:* Du weißt, was los ist, wenn das Kind unehelich auf die Welt kommt. Ich kann mit einem unehelichen Kind vom Sohn der Konkurrenz nicht rumlaufen. Und nochmal kann ichs nicht wegmachen lassen.

Sorm antwortet nicht.

Dein Vater kann nicht gegen mich sein, weil ich das Abitur hab! Es ist doch albern!

Sorm wird zärtlich.

Was soll ich noch alles tun? Ich bin dir zulieb katholisch

geworden, und ich muß ehrlich sagen, ich war lieber evangelisch. Alles nur, daß wir heiraten können.

Sorm antwortet nicht.

Ich will jetzt von meinem Vater weg und zu dir, verstehst du. Ich komm ganz gut aus mit ihm, aber trotzdem. – Und mit dir leb ich auch nicht richtig zusammen. Das Kind braucht ein Zuhause, Sorm, wenns auf der Welt ist. Ich bin im fünften Monat.

Sorm antwortet nicht.

Außerdem möcht ich dich nicht nur wegen dem Kind heiraten.

Sorm wird stürmischer.

Nein. Hör auf! – Nein, Sorm, reichts dir denn immer noch nicht. Werktags reichts zweimal. *Sie macht sich los von ihm und zieht sich einen Bademantel über.*

SORM Warum denn? Was ist? Sag.

SIEGLINDE Ich krieg ein Kind, Sorm. Ich hab andere Probleme.

SORM Schad.

Sie sitzen schweigend nebeneinander. Er zündet ihr eine Zigarette an. Sie raucht. Sie stellt das Tonband ab und lehnt sich an ihn. Sorm zieht ein Unterhemd an.

SIEGLINDE Hast du mich gern?

SORM Sicher. *Beide schweigen.* Ein schönes Wetter ist heut. Und morgen regnets bestimmt, und die Baustellen sind wieder ein einziger Dreckhaufen. – Du mußt der Audrey erklären, daß es nicht mehr lang dauert, bis wir heiraten. Vielleicht leiht sie uns dann wieder ihre Wohnung. Sie ist doch deine Freundin. Bei mir hier gehts wirklich schlecht. Der Vater wird sauer, wenn er dich mit raufkommen sieht. Und dann wird das mit der Heirat noch schwieriger. Wenn er sauer ist, krieg ich ihn nicht rum, daß er mir das Geschäft übergibt. Und bevor ich das Geschäft nicht hab, kann ich dich nicht heiraten. Vorher gehts nicht.

SIEGLINDE Dann sitz ich da mit deinem Kind.

SORM Nein. Wir heiraten auf alle Fälle. So gehts nicht mehr weiter. – Wenn ich das Geschäft hab, – ich hab vor, dann in den Tiefbau einzusteigen. Da ist jetzt das meiste Geld zu holen.

Pause

Wieviel habt ihr für den Erdaushub berechnet beim Stadtwerkeauftrag?

Sieglinde schweigt.

Weil: Wir waren fast am Selbstkostenpreis.

SIEGLINDE Du mußt jetzt nicht ans Geschäft denken, Sorm.

SORM *nach einer Pause:* Ich bau uns ein Haus am Moniberg. Dann leben wir für uns allein. – –

SIEGLINDE Erst müssen wir verheiratet sein. Wenn ich Bekannte seh, fragen sie, wann wir heiraten. Und ein paar fragen schon gar nicht mehr.

SORM Vielleicht sollten wir meinen Vater vor allen Leuten einmal in die Zange nehmen. Fertigmachen müßt man ihn.

Beide schweigen.

SIEGLINDE Unsere Zeit geht so vorbei, und wir haben nichts davon.

SORM Ja.

Sieglinde lehnt sich zurück.

SIEGLINDE *nach einer Pause:* Sorm! – – – Hab mich lieb.

SORM Warum?

SIEGLINDE Nur so. – – Ich mag dich. Ich weiß auch nicht, warum. Komm! Zieh mich aus!

Sorm zieht ihr den Bademantel aus und horcht plötzlich zur Tür.

Komm!

SORM Gleich! *Er steht auf, läuft zur Tür, reißt diese auf, Glasp fällt rein. Er geht rückwärts wieder aus dem Raum und läuft weg.*

SIEGLINDE Laß ihn. Mach die Tür zu. Laß ihn schauen, wenn er will. Gehn wir heut ins Kino? – In dem Alter hat mans schwer.

SORM *schließt Tür:* Es ist nicht gut, wenn ihm das Zuschauen gefällt. Nicht, daß ich was dagegen hätt, wenn ers tut, ich weiß, daß es das gibt. Für ihn ists nicht gut.

SIEGLINDE Komm doch!

Er legt sich neben sie.

Liebst du mich?

SORM Ja.

SIEGLINDE Dann komm doch!

SORM Ich denk – das Kind – ich denk –

SIEGLINDE Laß das Kind! Komm doch! Ich brauch dich. – Zieh dich aus. Ich muß dich sehen, Sorm, – schnell. Komm! Los!

Er zieht ihr den Bademantel aus und beugt sich über sie.

Fünfte Szene *Großbaustelle Grötzinger*

Lärm. Ein hoher Bauzaun läuft quer über die Bühne. Vordergrund Straße. Härtl, Grötzinger und Pfanzelt treten im Gespräch auf.

HÄRTL Ja. Ich auch. Ich hab dieselben Gründe wie der Fuhrmann. So laß ich mich nicht mehr behandeln. Deswegen hab ich gefragt, Herr Grötzinger. Wenns natürlich nicht geht, gehts nicht. Ich wollt mich nur erkundigen.

GRÖTZINGER Arbeiter brauch ich schon. Aber als Vorarbeiter muß man bei mir was können.

HÄRTL Beim Laiper bin ich Vorarbeiter. Das wär ein Rückschritt, wenn ich jetzt wieder ein einfacher Arbeiter werden soll.

GRÖTZINGER Ein Vorarbeiter muß bei mir alle Maschinen bedienen können, die auf der Baustelle sind. Das ist Voraussetzung. – Das dort ist eine neue Zementmaschine. Funktioniert automatisch. Neuanschaffung. War teuer, aber spart Arbeit. Ein Vorarbeiter muß sie bedienen und warten können. Können Sie das?

HÄRTL Nein. Solche Maschinen haben wir nicht. Aber ich lern schnell.

GRÖTZINGER Dann lernen Sies und kommen wieder, wenn Sies können. Dann nehm ich Sie sofort.

HÄRTL Ja. – Wo soll ichs lernen. Der Sorm will auch moderne Maschinen. Wahrscheinlich ist im Moment kein Geld da. Der Laiper ist ein kranker Mann und zu alt fürs Geschäft.

PFANZELT Wie ist so die Arbeit beim Laiper?

HÄRTL Mein Gott – schwer. Und eigentlich zu nichts gut. Der alte Laiper sagt so – der Sorm so. Man weiß nicht, woran man sich halten soll, weil der Sorm meistens recht hat. – Es sind keine Lehrlinge da. Wir müssen Nebenarbeiten selber machen, weil die zwei Lehrlinge, die da sind, von der Frau Laiper zum Hausputzen geholt werden. Na ja, da gibts hundert Sachen. *Schweigen.* Ja. – Dann geh ich wieder. Ich wollt mich nur erkundigen, ob ich zu Ihnen überwechseln kann. Wenns nicht geht, gehts nicht.

PFANZELT Übrigens, Härtl, was redet man bei euch über den Unfall in Windorf? Wie denken euere Arbeiter über die Sache? Würd mich interessieren.

HÄRTL Mein Gott, es kann passieren. Ein Unfall kann immer passieren. Wenn der Meier aufgepaßt hätt, wär er nicht runtergefallen. Das weiß ein jeder, daß das passieren kann. Daß er tot ist, ist ein Pech. Die Akkordarbeit ist das, meiner Meinung nach. Da wird nichts mehr ordentlich gemacht. Soviel ich weiß, war vom Betrieb her alles korrekt. Also nicht Ihre Schuld, Herr Grötzinger. Es ist natürlich furchtbar, daß ein Menschenleben tot ist.

GRÖTZINGER Sehen das eure Arbeiter alle so? Ich hab gehört, da sind Gerüchte im Umlauf, die mir schaden. Redet der Laiper den Arbeitern nicht ein, ich wär schuld?

HÄRTL Er sagt, daß Sie schuld sind. Aber in der Zeitung steht auch, daß alles vorschriftsmäßig war. – Der Laiper redet soviel, auf den hört kein Mensch mehr. – Der Sorm sagt auch, es war einwandfrei die Schuld vom Meier.

GRÖTZINGER Beim Prozeß wird sich das rausstellen, daß der Laiper unrecht hat, und dann zeig ich ihn an. Dann mach ich ihn fertig in aller Öffentlichkeit. – Ja, Härtl, es tut mir leid. Sie werden beim Laiper bleiben müssen bis Sie sterben. Als Vorarbeiter kann Sie kaum mehr ein Betrieb einstellen, der ein paar moderne Maschinen hat. Sie können sie nicht bedienen. Das ist nicht bös gemeint gegen Sie, aber als Vorarbeiter muß man auf der Höhe der Zeit sein.

HÄRTL Das – das ist schad. Ich wollt mich auch nur erkundigen. Dann geh ich jetzt. Auf Wiedersehen. *Härtl geht ab.*

GRÖTZINGER Auf Wiedersehen. – Ich glaub, der denkt nach über das, was ich ihm gesagt hab. Wenn der das rumerzählt, was ich ihm gezeigt und gesagt hab, hat der Laiper bald keine Arbeiter mehr.

PFANZELT Ein guter Vorarbeiter ist der. Der könnt die Maschinen schnell bedienen.

GRÖTZINGER Eben, Pfanzelt, eben! – Und wenn ich den nicht nehm, der wo der Beste ist, den der Laiper hat, dann erzählt der das den anderen, und alle werdens ihm weglaufen, weil sie das Gefühl haben, sie kommen nicht mehr weg vom Laiper zu andere Betriebe. Ich glaub, da hab ich dem Laiper eins ausgewischt, wo er lang schlucken muß.

PFANZELT Dem Laipergeschäft wirds bald schlechter gehen, das ist klar. Es ist allgemein bekannt, wie es da zugeht.

GRÖTZINGER Und haben Sie gehört, mit dem Unfall will er gegen mich arbeiten, die alte Sau. Wird ihm nichts nützen. Aber ich mach den Kampf öffentlich, wenn ich den Prozeß gewonnen hab. Dann mach ich ihn fertig, das hab ich mir vorgenommen. Ich hab auch sonst rumgehört. Es gibt kaum jemand, der mir die Schuld gibt. Dazu ist mein Ruf zu gut. – Ich hab mit dem Klugbauer im Lager gesprochen. Der hat die Bretter rausgesucht. Er sagt, daß sie in Ordnung gewesen sind. Dem geht der Arsch auf Grundeis, weil er glaubt, er kann belangt werden. Der Rechtsanwalt meint, das Urteil wird ganz klar sein und dem Meier die Schuld geben. Und der ist tot. Sie haben gehört, der Härtl kennt nur das, was in der Zeitung gestanden hat, und er glaubt auch, es ist die Schuld vom Meier gewesen. Alle glauben das. Und der Meier ist tot. –

Sie können ruhig die Aussage machen, wie wir das besprochen haben.

Pfanzelt schweigt.

Es ist kein Risiko dabei für Sie. Für Sie ist das völlig sicher und ungefährlich, Pfanzelt. Es ist im Haus passiert, niemand hat was gesehen. Das ist doch klar: der Meier hat nicht nach Vorschrift gehandelt. Der ist tot, dem kanns nichts mehr ausmachen, wenn er die Schuld kriegt. Aber mir würds viel ausmachen.

PFANZELT *nach einer Pause:* Ich weiß nicht – –

GRÖTZINGER Ich hab einen hundertprozentigen Rechtsanwalt. Der boxt das durch. Außerdem ist der ganze Prozeß nur eine Routineangelegenheit, wo es drum geht, was die Hinterbliebenen kriegen. Es kommt nur auf Ihre Aussage an. Die Untersuchungen der Polizei haben nichts ergeben. An Ihrer ersten Aussage hat niemand was auszusetzen gehabt. Und der Meier ist tot und kann nichts mehr aussagen.

Pfanzelt schweigt.

Meinem Geschäft würds schwer schaden. Gehts aber glatt, alles, könnt man monatlich schon 100, 150 drauflegen. Das wären im Jahr einsacht mehr, unter Umständen.

Für Sie wärs nur unangenehm, wenn Sie jetzt gegen mich aussagen würden, weil Ihre erste Aussage zu meinen Gunsten war.

PFANZELT Das wär viel Geld.

GRÖTZINGER Sie würden ein Geschäft dabei machen, und mir wär geholfen. Außerdem geht der Trzeziok bald. Dann wär der Prokuristenposten frei. Ich könnt mir vorstellen, daß Sie ein guter Prokurist wären. Das wär doch ein schöner Sprung, vom

Vorarbeiter zum Prokuristen in meiner Firma, die immer größer wird, falls das mit dem Unfall nicht dazwischen kommt.
Pfanzelt schweigt.
Außerdem könnten Sie mit meinem Rechtsanwalt gleich wegen ihrer Frau reden. Der hat noch keinen Scheidungsprozeß verloren. Ich könnt da auch finanziell ein bißchen aushelfen. Die Wirtin ist doch was anderes für Sie, Pfanzelt. Nichts gegen Ihre Frau, aber Sie brauchen einen gesunden Menschen, keinen lahmen.

PFANZELT Schon. Aber eine Scheidung kommt teuer. Und wenn ich sie verlier – –

GRÖTZINGER Ich sag doch, ich würd Ihnen schon unter die Arme greifen. Wenn Sie mir da helfen, helf ich Ihnen da. Es würd sich schon rentieren für Sie.

Sechste Szene *Wohnzimmer Laipers*

Laiper steht mit nacktem Oberkörper in der Mitte der Bühne. Marha streicht betrunken mit einem Glas Bier um ihn herum. Der Arzt untersucht Laiper. Helga kommt ins Zimmer.

MARHA So, Helga, stell noch das Wasser auf.

LAIPER *zum Arzt, nachdem Helga abgegangen ist:* Die wird nächstes Jahr mit der Lehrzeit fertig bei mir. Wird Kaufmann, das Mädel.

ARZT *nach einer Pause:* Das Herz. Und die Lunge. – Es steht schlimm. Dreh dich um, Otto. Siehst auch schlecht aus. Keiner kann ewig leben, damit mußt du dich langsam abfinden. Das Herz läßt nach.

LAIPER *schluckt:* Nein. Nichts läßt nach bei mir. Mein Herz ist in Ordnung. So schnell komm ich nicht um. Und wegen dem Stechen in der Brust stirbt man nicht. Ich sterb nicht. Ausgeschlossen. Und schon gar nicht wegen dem Herz.

ARZT Wirst es selber erleben, daß du stirbst.
Es klingelt.

MARHA *geht zur Tür:* Helga! Aufmachen!
Der Arzt packt seine Sachen ein und schreibt ein Rezept aus. Veit tritt auf, hinter ihm Helga, die den Tisch deckt.

VEIT Das gibts nicht. Der Otto ist krank? Schaut aus wie das blühende Leben. Was fehlt dir, Schwager?

ARZT Die Luft. Er kriegt keine Luft. Und das überlebt er nicht.

MARHA In der Nacht jammert er so laut, daß ich nicht schlafen kann.

LAIPER Ich jammer nicht.

ARZT *gibt Marha das Rezept:* Er hört nicht auf mich, und das Bier läßt er auch nicht. Man kann ihn nicht einmal richtig untersuchen. Ich hab jedenfalls meine Pflicht getan. *Er hat sich währenddessen verabschiedet und geht hinaus.*

MARHA Helga, bring den Doktor hinaus. Und bring das Wasser.
Helga hinter dem Arzt ab.

LAIPER *öffnet eine Flasche Bier:* Laß ihn auf seiner Meinung, Veit. Ich bin nicht krank. Das war ich noch nie. *Trinkt.* Was hast du erreicht?

VEIT Ich glaub, ich werd Kandidat. Chancen sind da und Protektion auch. Dann werd ich Stadtverordneter. Und kann für unser Geschäft was tun, ohne daß der Grötzinger dazwischenfunken kann. Meine Verbindungen zur Stadt sind momentan ausgezeichnet. Es wird schon, Otto, alles wird!

MARHA Ich hab dein Essen warmgestellt, Veit, zieh dich um, sonst wirds kalt.
Veit geht ab. Helga kommt mit zwei verschiedenen Schüsseln Wasser. Marha zieht Laiper die Schuhe aus.
So, jetzt bring das Essen, dann kannst du gehen, Helga. *Zu Laiper:* Zuerst ins kalte – dann ins warme.

LAIPER Das ist mir zu kalt. Ich mach das nicht.

MARHA *brüllt Laiper an:* Das hat der Doktor gesagt, und das machst du! Das ist für dein Herz! Los!
Laiper beginnt mit Wechselfußbädern. Marha trinkt eine Bierflasche leer und trägt sie hinaus. Helga bringt Veits Essen und geht wieder ab. Währenddessen zieht sich Laiper umständlich das Hemd wieder an. Er holt sich eine Zigarre aus der Jacke, die über seinem Stuhl hängt.

LAIPER Ich hab kein Feuer! Marha! *Er trinkt.* Feuer!
Keine Antwort.
Ich brauch ein Feuer, sonst kann ich nicht rauchen! *Schreit wieder:* Wo ist denn der Sorm? Rennt wieder hinter seiner Blonden her. Wo der Sorm ist?
Keine Antwort.
Glasp!

Marha kommt mit Karten, trinkt kurz von ihrem Bier, wirft Laiper Feuer hin, gibt ihm die Karten.
Wo sind denn der Glasp und der Sorm? Sind die weg?
Marha setzt sich.

MARHA Misch! *Sie richtet die Kartenspielutensilien vor sich auf. Laiper gibt Karten aus, für Veit gleich mit. Sie warten. Veit tritt auf. Er setzt sich und beginnt zu essen, während er die Karten ansieht.*

VEIT 18

MARHA Hab ich.

VEIT 20
Marha nickt.
22
Marha nickt.
23
Marha nickt.
Passe.

LAIPER 24
Marha nickt.
7?

MARHA Jawohl!

LAIPER 30

MARHA Mein Spiel.

LAIPER 3

MARHA Auch.

LAIPER Weiter.
Marha nimmt Skat auf.
Mit den Stadtwerken ist nichts mehr zu machen. Ich habs probiert. Es steht nicht gut. Scheinbar hat der jetzt auch Beziehungen zum Stadtrat. – Aber ich weiß, was ich unternehm gegen ihn. Ich bestech den Pfanzelt, daß er gegen den Grötzinger aussagt in der Verhandlung wegen dem Unglück. Dann ist der Grötzinger geliefert. Ich arbeit jetzt mit allen Mitteln.

MARHA *drückt zwei Karten:* Kreuz!

VEIT Wer kommt?

MARHA Wer fragt.
Laiper spielt aus. Sie spielen.

VEIT Ich würd mit Bestechung nicht arbeiten. Sonst zahlt der Grötzinger fünf Mark mehr, und du hast eine Klage am Hals, die dich ruiniert. Du weißt auch nicht, obs nicht doch ein Unfall war. – Prost.

Laiper und Veit trinken.

Ich hab damals den Auftrag gehabt, daß ich einen Lagerbau organisier. Und ich wollt mich besonders hervortun und wollt einen reichen Jud zwingen, daß er mir das Geld gibt. Da hat sich der geweigert und hat einen Vorgesetzten vor mir gut gekannt und dem ein Geld gegeben und hat mich bei dem so verleumdet, daß ich fast selber hineingekommen wär in so ein Lager.

MARHA Bekennen, Otto.

Otto tut es. Sie spielt den Kreuz-Buben aus.

Über den Alten geht nichts.

VEIT Später, wie den Juden das Geld auch nichts mehr genützt hat, hab ichs ihm zwar zurückgezahlt, und er ist ins Gas gekommen, aber da siehst du, wie die Bestechung auf einen selber zurückfallen kann.

MARHA *zählt und schreibt das Ergebnis auf:* 94. Schneider. Mit 3 gespielt 4 Schneider 5 mal Kreuz ist 60 für mich. *Sie gibt die Karten an Veit.* Du gibst.

Für Veit gibt Laiper die Karten, da Veit noch ißt.

LAIPER Was soll ich machen, Veit? Der muß ruiniert werden.

Laiper mischt. Es klingelt. Marha geht ab.

Ich streit mich schon so lang, daß mir jedes Mittel recht ist.

Härtl tritt auf, hinter ihm Marha, die Bier mitbringt.

Du! Du, wenn du mit dem Grötzinger gemeinsame Sache gegen mich machst, dann lernst du mich kennen! – Was ist? Jetzt ist Feierabend. Ich entscheide jetzt keine geschäftlichen Sachen.

Marha setzt sich und sieht die Karten an. Veit ist mit dem Essen fertig, stellt das Geschirr weg und trinkt.

HÄRTL Ich wollt fragen, was ist mit unseren Forderungen. Aber wie ich seh, bist du besoffen und kannst es mir nicht sagen.

MARHA Eben, Härtl. – Ich bin vorn. 18.

LAIPER Weg.

VEIT 20

Marha nickt.

2

Marha nickt.

Null

Marha nickt.

Weg.

MARHA *bekommt den Skat:* Grand! Ich spiel einen Grand! Härtl, wir spielen, jetzt ist keine Geschäftszeit!

LAIPER Nach Feierabend will ich nicht belästigt werden. Ich überleg mir das. Ich hab noch andere Probleme als euch.
Sie spielen.

HÄRTL Wir verlangen bei Dachstuhlreparaturen eine Erschwerniszulage. Und moderne Maschinen, daß wir nicht so schwer arbeiten müssen.

LAIPER Sei froh, daß du bei mir arbeiten kannst, du, und stellst Ansprüch! Geh zum Grötzinger. Vielleicht kommst du auch um bei einem »Unfall«. Ich hab gehört, er nimmt dich gar nicht.

HÄRTL Ich habs dir gesagt – und da hast dus schriftlich. *Er legt Laiper einen Zettel hin.* Lang warten wir nicht. Dann schalten wir die Gewerkschaft ein.

LAIPER *legt die Karten hin:* Ich scheiß auf die Gewerkschaft! Gewerkschaft! Zwischenhändler sind das. Können die Arbeiter nicht selber sagen, was sie wollen?

HÖRTL Da liegt der Zettel. Wir sagen schon, was uns nicht paßt. Schau ihn dir an. – Der Sorm hat uns versprochen, daß wir das kriegen. Jetzt wollen wir einmal wissen, ob wir von dir zum Narren gehalten werden. Wie gesagt, wenn wir das nicht kriegen, dann verlangen wir das. *Er geht ab.*
Laiper sieht sich den Zettel an und zerknüllt ihn. Er trinkt.

VEIT Das ist der Einfluß von Grötzinger-Tochter auf den Sorm, daß er so Sachen verspricht. Ganz bestimmt. *Listig:* Ich versteh, warum du gegen diese Heirat bist, Otto.

LAIPER Ich hab nichts gegen die Juden.

VEIT Ich auch nicht, Otto. Aber merkst dus, daß sie wieder zurückkommen und schon wieder ein paar Branchen ganz in der Hand haben? Der Rosenbaum hat seine Privatklinik nur mit den Wiedergutmachungsgeldern finanzieren können. Ein deutscher Arzt kann nicht so einfach eine Klinik aufmachen. Die arbeiten mit unserm Geld. Mit den Banken ists dasselbe. Dafür hab ich eigentlich nicht gekämpft in Stalingrad. Überleg dir das mit der Heirat, Otto.

LAIPER Diese Heirat kommt nicht in Frage. Aber damit ists nicht getan.

MARHA Meinen Grand spielen wir jetzt! Was ist! Da trink und spiel weiter! Jedesmal, wenn ich so ein Blatt hab, passiert was!
Laiper setzt sich. Sie spielen weiter.

VEIT Die Juden und die Kommunisten sind an allem schuld. Der Hitler hat schon recht gehabt. Und der Jugend hat er Respekt beigebracht. Damals wär der Sorm gar nicht auf diese Idee mit der Sieglinde gekommen.

MARHA Das stimmt. Und die Autobahnen hat er gebaut.

LAIPER Du halts Maul, Marha. Ich denk an was anderes jetzt. Wie ich dem Grötzinger eins auswisch.

MARHA Und fürs Volk hat er sich Sorgen gemacht.

VEIT Anders als unsere jetzige Regierung. Die legt unsereinen nur aufs Kreuz. Statt daß sie uns helfen würden, was auf die Dauer gesehen besser wär und ihnen auch mehr Geld einbringen würd, stellen sie sich gegen uns.

MARHA Genau. Die reden nur immer. Aber sie ändern nichts. Die sollen eine Zukunft aufbauen.

VEIT Wir reden alle nur. Wir müssen was tun. Die ändern nichts.

LAIPER *abwesend:* Es kann auch abwärts gehen, wenn man was ändert.

MARHA *hat gewonnen:* Grand. Mit 2 gespielt 3 macht 60. *Schreibt auf, mischt und gibt die Karten aus.*

VEIT Daß ich in die Kommunalpolitik einsteig, tu ich fürs Geschäft. Aber sonst ist das auch eine Notlösung. Auf die große Politik hat man keinen Einfluß. Und da vertritt die CSU noch nicht ganz unsere Interessen. Die SPD ist nichts und hat bei uns hier auch nichts zu suchen, weil wir katholisch sind. Wir haben in der CSU noch viele Fehler. Die Jugend hat keine Ideale. Ist amerikaverseucht. Das beste Beispiel ist unser Glasp. Und überall sitzen sie drin, die Juden und die Amis und das andere Gesindel. *Sie trinken und werden immer betrunkener.* Das ist doch kein Volk. Warum sind sie emigriert in der Hitlerzeit? Wer nichts zum Verbergen hat, braucht nicht emigrieren. Die sitzen schon wieder überall drin. 18.

Laiper nickt.

MARHA Ich bin der Meinung, daß sie aus unserem Land hinausgehören.

VEIT Ja. 20.

Laiper nickt.

22

LAIPER Passe.

MARHA Null.

Veit nickt.

4

Veit nickt.

7

Veit nickt.
30
Veit nickt.
3
Veit schiebt ihr den Skat zu.
Laubhand.
Laiper spielt aus. Sie spielen.

VEIT Ich mit meinen Fähigkeiten müßt doch nicht als Buchhalter arbeiten – nichts gegen die Arbeit bei dir – wenn die nicht überall am Ruder wären.

LAIPER Ich möcht ausdrücklich sagen: Ich hab nichts gegen die Juden. – Ich hab sogar was dagegen, daß man sie umgebracht hat. Rausekeln allein hätte gereicht. Das soll kein Vorwurf sein gegen dich, Veit, daß du so denkst. So denk ich.

VEIT Ich denk anders. Prost!
Sie trinken.

MARHA *nach einer Pause:* Ich bin überzeugt davon, die Gasöfen, die haben die Amis nach dem Krieg gebaut, daß sie uns sowas in die Schuh schieben können.

LAIPER Da gibts Beweise dafür! Und du halt dich raus aus der Politik. Die haben sogar Seife aus den Juden gemacht.

VEIT Zur Herstellung von Seife braucht man Fett. Das ist doch bekannt. Alle Zeitungen schreien, daß kein Gramm Fett dran war an den Juden. Wie geht das zusammen! Natürlich sind viele verhungert.
Sie stoßen an und trinken.
Sie sind bereits sehr betrunken.
Und viele haben wir auch vergast. Aber Millionen waren das nicht. – Leider! Ich kann nur sagen: Leider!

MARHA Letzte Woche hab ich gegen die Wirtin einen Grand gewonnen und gleich anschließend einen Null Ouvert. Die hat ihr ganzes Wechselgeld verspielt.

VEIT Schließlich haben wir das fürs Volk gemacht zu einem guten Zweck. Das ist keine Haltung, was du da sagst, Otto. Ich sag dir: Es müßt wieder einer kommen, der begreift, was das ist: Ein Deutscher und Deutsches. Das ist Qualität.

MARHA Prost!
Sie trinken.
Dann hat die Wirtin ihr Wechselgeld wieder zurückgewechselt und hats nochmal verloren. Da hab ich an einem Nachmittag 28,30 Mark gewonnen.

LAIPER *nach einer Pause:* Jetzt weiß ichs. Seine Frau war doch eine Jüdin. Die hat er auf dem Gewissen, daß sie tot ist. Das könnt ich verwenden gegen ihn, wenn ich das verbreite. Das ist eine gute Idee. Das – *Er wirft die Karten hin.* Überhaupt: Der Grötzinger hat gleich nach dem Krieg die Gefangenenlager für die deutschen Soldaten gebaut. Damals war das eine Ehre für ein Baugeschäft. Ich hab mich sehr geärgert damals, daß ich den Auftrag nicht gekriegt hab. Aber heut könnt es sein, daß man ihm das übelnimmt. Das benutz ich. *Er steht auf.* Das mach ich. Da leg ich mir eine Rede zurecht und zieh rum damit. Das ist eine ausgezeichnete Idee. Prost!

Sie trinken.

Prost!

Sie trinken. Er trocknet seine Füße ab und steht auf.

VEIT *legt seine Karten ebenfalls hin und reckt sich:* Vor allem, laß diese Heirat nicht zu.

LAIPER Ich will das Beste für den Sorm, wenn er das nicht einsieht, tut er mir leid. Die Heirat kommt überhaupt nicht in Frage. Noch dazu, wo ich so einen Trumpf gegen ihn in der Hand hab. Prost.

Sie trinken.

MARHA Was ist, ich hab ein gutes Blatt.

VEIT *steht auf:* Ich mag nicht mehr, Marha. Ich geh ins Bett. Ist spät, und ich bin müd. Gutnacht.

MARHA Gutnacht.

Veit geht ab. Marha sitzt mit ihren Karten da. Laiper geht ein bißchen auf und ab. Setzt sich und stiert vor sich hin.

LAIPER Wenn der die Sieglinde nicht heiraten wollte, könnt ich den Grötzinger jetzt ruinieren. Der Sorm ist rücksichtslos.

MARHA Ja. Richtig rücksichtslos ist der.

LAIPER Prost!

Sie trinken.

Wie ein Mensch so rücksichtslos sein kann.

MARHA Der Sorm ist rücksichtslos. Ja.

LAIPER Sowas Rücksichtsloses.

Beide schweigen. Laiper trinkt.

Das hat er vor dir, die Dummheit. Du hast meine Kinder dumm auf die Welt gebracht, Marha.

Marha kichert.

Halts Maul, Marha! Wenn ich red, dann halt gefälligst du den Mund. – Trink!

Sie trinken.

MARHA Es läuft weg. Schau, Otto, es dreht sich. *Sie kichert.* Unser Haus läuft weg.

LAIPER Ich garantier dir, das Haus läuft nicht weg. Und wenn dus doppelt siehst, unser Haus, dann muß ich dir sagen, daß du dich täuschst. Und zwar ganz entschieden. Wir haben nur ein Haus. *Grob:* Da gibts nichts zu lachen. *Zärtlich:* Altes Rindvieh! – Das ist mein Haus. Oder? Das hab ich gebaut. – Oder behauptest du vielleicht auch, daß ich nichts mehr versteh vom Geschäft? Bier!

Marha schenkt ihm ein.

Wir haben nur ein einziges Haus, und das hab ich gebaut. Das kann sich nicht drehen, weils ich gebaut hab. Du kannst auch nicht mehr als saufen. Du bist strohdumm. Es liegt an dir, alles. Man kann dich niemand zeigen. Eine Geschäftsfrau muß heut mehr können als du kannst. Es läuft nicht weg. Ich kenns aus Erfahrung. Am nächsten Tag stehts immer noch da, wie der liebe Gott und unser Führer. Und das ist der Beweis.

MARHA Aber der Führer ist doch weg.

LAIPER So.

MARHA *kichernd:* Und wie!

LAIPER Ach ja. Schad drum. – Jedenfalls – Gott bleibt uns auf alle Fälle zur Sicherheit. Wenn uns nichts bleibt – Gott bleibt, hat mir der Glasp gesagt. – Dann stimmt der Beweis mit dem Führer. *Tyrannisch:* Oder? – Deutschland steht! Was! Es dauert nicht mehr lang, dann krachts.

Sie trinken.

Dann hat dem Sorm alles nichts genützt. Dann bau ich das Geschäft wieder auf, wenns kracht, aus den Ruinen. – Hast gehört, was dein Bruder gesagt hat: Es gibt wieder welche, die wissen, was deutsch ist. Warts ab, bis die an die Macht kommen. Die putzen den Grötzinger weg wie nichts. Und warum? Weil er Gastarbeiter aus Spanien einstellen will. Weil er ein Charakterschwein ist. Weil er sich nach dem Wind dreht. – *Er trinkt.* Du wirst auch alt. Aus mit der Schönheit. Aus. Für immer vorbei. Daß ich dich geheiratet hab. –

MARHA *lehnt sich an ihn:* Daß wir geheiratet haben, ja –

LAIPER *friedfertig:* Ich hab dich geheiratet, weil ich dich liebe. Hab ich vorm Pfarrer gesagt.

MARHA Ja. Du hasts gesagt und du tusts auch, Otto. 30 Jahr.

LAIPER Daß ich dich geheiratet hab. – Daß du mir meine Kinder so auf die Welt gebracht hast, das verzeih ich dir nie. – Aber ich laß mich nicht hinausdrängeln aus meinem Geschäft und aus dem Leben. Ich bin noch nicht zu alt.

MARHA Ein schöner Tag war heut.

LAIPER Glaubst du, der Sorm heiratet sie? Ich nicht. Das tut er nicht. Wo ich so stolz auf ihn bin.

MARHA Der Veit sagt, du hast keine Haltung.

LAIPER Du wirst mich nicht ausschimpfen, du! Ich bin dein Mann. Sag mirs, wenn ich was falsch mach. Sag mirs. Mach ich was falsch? Das Geschäft geht gut, wir haben Aufträge – ich weiß nicht, was der Sorm will. Uns gehts gut. Für meine Kinder hab ich gesorgt: Für den Glasp habe ich eine Lebensversicherung abgeschlossen, und der Sorm kriegt das Geschäft von mir. Ich will das Beste für ihn. – Aber mein Geschäft schluckt der Grötzinger nicht. Im Gegenteil: Dem wisch ich jetzt eins aus. – Das Haus läuft nicht weg. Höchstens die Hypotheken. *Er lacht ungeheuer.* Und die lassen wir laufen.

MARHA *listig:* Dann läufts Haus aber mit.

LAIPER Das Haus, das ist das Enorme – das Haus bleibt stehen. Ich – ich habs gebaut. – Halt doch den Mund, Marha. Erstens stinkst du nach Bier. Und zweitens – es reicht schon, daß du stinkst.

MARHA Ein schöner Tag war heut. – – Feierabend ist was Schönes.

LAIPER Sag du noch einmal, daß ich keine Haltung hab. – Ein schöner Tag war heut, da hast du recht.

Pause. Er gähnt. Marha schläft langsam am Tisch ein.

Wir Älteren, wir wissen noch, was Deutschland ist, was Marha? Es ist ein schönes Land. Ich mach mir Sorgen drum. Zwei Kinder haben wir und keines weiß, was das war: Deutschland.

MARHA Ja. – Und was es ist: Unser Deutschland.

LAIPER *nach einer Pause:* Komm sing mit. *Er singt:* Deutschland, Deutschland über alles, über alles in der Welt, danach laßt uns alle – *Fängt sofort zu schnarchen an und schläft ein.*

Siebte Szene *Wirtshausstube gutbürgerlich*

Resopaltische. Sonntag. Wirtin steht hinter der Theke. Emmi und Immi arbeiten. Härtl, seine Frau, Fuhrmann, seine Frau, drei Arbeiter Laipers und ihre Frauen sitzen an Tischen. Veit steht und hält eine Rede.

VEIT *angetrunken:* Gastarbeiter müssen auf einmal her. Und was ist, wenn schlechte Zeiten kommen? Wer garantiert euch, daß euer Arbeitsplatz euch gehört?

HÄRTL *ebenfalls angetrunken:* Nicht so dumm, was er da sagt.

VEIT Die Wirtin denkt wie ich. Ich hab mich lang mit ihr darüber unterhalten. Wollt ihr mit den Katzelmachern zusammenarbeiten, die kein Deutsch verstehen?

HÄRTL Sehr richtig.

VEIT Was müssen wir Entwicklungshilfe zahlen. Unsere Steuern müssen nicht den Negern in den Hals geworfen werden, daß die Revolution machen können.

HÄRTL Gar nicht dumm, was er da sagt.

VEIT Ihr müßts meine Partei wählen. Die Bonner habt ihr gewählt und was tun sie für die Arbeiter? Ihr müßt die Partei wählen, die das tut, was das Volk will, und das tun wir. Ihr müßts uns stark machen. Durch die freie Wählerstimme. Sogar wir als Regierungspartei müssen in Bonn kämpfen, damit wir unsere bayrischen Interessen durchsetzen können. Wir brauchen mehr Einfluß! Je stärker wir sind, desto besser für euch, weil wir für euch da sind. – Ich wünsch euch nächsten Sonntag einen schönen Wahlsonntag und ein schönes Wetter. Prost!

Sie trinken. Veit setzt sich. Pause.

FUHRMANN *zu Härtl:* Beim Grötzinger ist auch nicht alles Gold, was glänzt. Aber der Sorm soll schon dauernd Chef werden und ists immer noch nicht.

HÄRTL Er wirds. Und wenn ers ist, dann hättest du auch einen besseren Posten bekommen als jetzt beim Grötzinger.

Pfanzelt tritt auf und stellt sich zur Theke.

FUHRMANN Das ist alles nicht einfach. – Wer die Arbeit erfunden hat, wenn ich den treff, den erschlag ich.

WIRTIN Das kannst du nicht, Härtl. Das war ein gewisser Herr Arbeito. Ein Gastarbeiter. Den haben sie in Passau erschlagen, wie er über die Grenz wollt. Dem kannst du nichts mehr tun, – ein Bier?

FUHRMANN Ja. Arbeito heißt das Rindvieh. Gut, daß ich das weiß.

Allgemeine Heiterkeit. Sie trinken.

PFANZELT Was ist denn der Fuhrmann so lebendig?

WIRTIN Seine Frau ist wieder da. Da macht er sich stark, daß sie nicht wieder wegrennt.

FUHRMANN Wenn ich beim Grötzinger krank werd, dann bekomm ich mein Geld ein halbes Jahr voll weiterbezahlt. Außerdem zahlt er einen Teil für die Omnibusfahrkarte.

VEIT Mehr, als man beim Laiper kriegt, hat euere Gewerkschaft nicht ausgehandelt. Du mußt dem Pfanzelt nicht in den Arsch kriechen.

FUHRMANN Wenn du nochmal sowas sagst, dann knallts. Ich kriech niemand in den Arsch.

WIRTIN *leise zu Pfanzelt:* Der Härtl macht auch schon Stunk und will weg. Das weiß ich. Wenn er auch immer laut sagt, er bleibt.

FUHRMANN Wir haben beim Grötzinger eine richtige Kantine. Beim Laiper ist doch Dreck die Devise. Die ganze Sozialleistungen sind beim Grötzinger besser. Wir werden sogar alle Vierteljahr gesundheitlich überwacht, Härtl.

VEIT Du mußt dem Pfanzelt nicht in den Arsch kriechen, Fuhrmann. Du sagst das nur, weil ers dem Grötzinger erzählt, und du auf einen besseren Posten spekulierst. Vorher hast du geschimpft, daß du jetzt auch nur Tarif bekommst. – Und dich Härtl, dich hat er überhaupt nicht genommen, der Grötzinger, weil du nicht mehr kannst als ein gewöhnlicher Arbeiter. Und da kann er auch Gastarbeiter nehmen. Die sind mit dem Geld zufrieden, das sie kriegen.

HÄRTL Er hat mich nicht genommen, weil ich noch nie mit einer modernen Zementmaschine gearbeitet hab. Das kommt davon, daß ich solang beim Laiper bin.

PFANZELT *feixt:* Ihr habt doch einen Turmdrehkran. Daß niemand damit umgehen kann bei euch, das ist nicht die Schuld von Laiper. – Wenn ich das schon seh, einen Turmdrehkran für ein Einfamilienhaus. Der muß mit Verlust arbeiten.

HÄRTL Man hat keine Möglichkeit, daß man sich verbessert. Und da kann der Sorm machen, was er will. – Das müssen wir von uns aus ändern. Wir müssen uns weigern. – Wir müßten alle geschlossen kündigen, wenn er nicht auf unsere Wünsche eingeht. Der fühlt sich zu stark. – Du kannst ihm ruhig sagen, daß ich so red, Veit. – Ich kann nur immer wieder sagen: Wir

Arbeiter müssen mehr mitzureden haben, dann kann so ein Geschäft nicht so abwärts gehen. Und das müssen wir durchsetzen. Bei dem Arbeitskräftemangel kann er nichts gegen uns machen.
Die Arbeiter stimmen zu.
Der gibt doch wahrhaftig damit an, daß er keine modernen Maschinen hat. Ich genier mich schon, daß ich überhaupt beim Laiper arbeit. Wir müssen uns das nicht gefallen lassen, wo wir mehr verdienen als ein Volksschullehrer. Wir sind doch wer. Wir lassen uns das nicht mehr gefallen. –
Die Arbeiter applaudieren.
– und kündigen gemeinsam, wenn er uns nicht das gibt, was wir wollen.

PFANZELT *setzt sich zum Tisch:* Wenn der alte Laiper nicht so ein Angeber wär, würd alles anders aussehen. Aber er ist der Chef. Deswegen würd ich euch raten, wechselt zum Grötzinger.

VEIT So. Deswegen sitzt du da, Pfanzelt. Ich hab mirs gedacht.

PFANZELT Du spekulierst doch nur auf die Stimmen für die nächste Wahl.

VEIT Schau dich an, Pfanzelt, Muskeln – und ein Hirn hast du nicht, und würdest es brauchen. Ihr seid zu dumm zum Leben. Man siehts schon daran, was ihr wählt. Ihr seid auch zu dumm zum Wählen. Ihr könnt nicht einmal sehen, was euch nutzt. Es ist wirklich so, daß mans abstellen muß, daß sowas wie ihr überhaupt noch wählen darf. Der Hitler hat das genau richtig erkannt. Ihr seid zu dumm, zum sehen, daß der Abwerbung treibt.

FUHRMANN *steht auf und geht zu Veit:* Ich kann wählen, was ich will.

VEIT Leider ists möglich.

FUHRMANN Und der wird schon was haben, was uns abwirbt, sonst würden wir nicht hingehen. Und was erzählst du da über den Führer?

VEIT Damit mein ich, daß wir eine deutsche Politik brauchen. Daß wir nicht die Wünsche der Amis erfüllen wollen. Daß es aufhört, daß die edlen Menschen im Fernsehen immer die Juden sind und die Schweine die Deutschen. Ich will, daß diese Selbstbesudelungen aufhören. Mir ist die Zukunft wichtig, wirklich, das kannst du mir glauben. *Er bekommt immer mehr Angst.* Laßt euch doch nicht zu Verbrechern stempeln, nur weil ihr den Hitler gewählt habt. Die Wirtin denkt wie ich.

Ich red mit dir, daß wir wieder ein sauberes Deutschland kriegen. Und das ist mehr als eine Partei, das ist eine Bewegung. Wir müssen ein Nationalbewußtsein haben. Die Wirtin meint auch, das wär genau das Richtige für Deutschland.

FUHRMANN Das Richtige wär, daß wir nicht mehr wählen können, weil wir zu dumm sind dazu?

VEIT Ich hab das nicht ---

Fuhrmann gibt Veit einen Kinnhaken, die anderen Arbeiter kommen dazu. Veit wird zusammengeschlagen und liegt auf dem Boden.

WIRTIN Mein Gott, da kann er nicht liegenbleiben. Setzt ihn auf den Abort.

Die Arbeiter samt Frauen schleppen Veit hinaus.

Zu Pfanzelt: Das kommt daher, weil ich Arbeiter als Gäste habe. Was soll ich nur mit dem Veit machen. Überall erzählt er, ich würd denken wie er – und ich verlier Kunden. Es gibt schon Leut, die sagen, meine Wirtschaft ist eine Naziwirtschaft. Ich glaub, ich muß öffentlich sagen, daß ich nicht so denk wie er.

Die Arbeiter kommen zurück.

Leise zu Pfanzelt: Wenn der Fuhrmann verbreitet, ich bin für die Nazis, dann verklag ich ihn. Das hab ich nicht gesagt, du bist mein Zeuge.

FUHRMANN *zur Wirtin:* Ich hab gute Lust und geh.

WIRTIN Ich hab mich ein paarmal mit ihm unterhalten. Sonst nichts.

FUHRMANN Und was denkst du über das, was er sagt?

WIRTIN Ich halt mich raus. Wenn ich heut was sag, ists morgen schon wieder falsch. – Ab heute hat jedenfalls der Veit bei mir Hausverbot, weil er Sachen redet, die ich nicht dulden kann, weil ich gegen den Hitler bin.

Den Arbeitern imponiert das nicht. Sie setzen sich wieder. Laiper und Marha treten auf.

LAIPER Grüß Gott.

MARHA Grüß Gott.

WIRTIN Ein Bier?

Laiper nickt.

Wann heiraten die Sieglinde und der Sorm?

LAIPER Die heiraten nicht. Der Sorm ist nicht dumm. Der hängt am Geschäft, und es ist ein Stück von ihm selber.

WIRTIN Er liebt sie.

LAIPER Liebe! Liebe! Mein Geschäft ist mehr wert als Liebe.

PFANZELT *wendet sich zu Laiper um, mit ihm alle Arbeiter:* Wenns pleite ist, ist Liebe immer noch besser.

LAIPER Mein Geschäft ist durchaus auf der Höh.

PFANZELT Das bestreit ich.

MARHA Vor dem Krieg wars das größte in Landshut und Umgebung. Die Arbeiter waren froh, daß sie bei uns haben arbeiten dürfen.

PFANZELT Vor dem Krieg. Das ist vorbei.

LAIPER Sei ruhig, Marha. – Ich muß euch was erzählen, was euch vielleicht interessiert. – 1946, da wär mein Betrieb fast kaputt gegangen. Das war eine echte Krise. Da hats nur die Aufträge von den Amis gegeben, wegen den Gefangenenlagern. Aber das war für mich eine Charakterfrage: ich bau als Deutscher keine Gefangenenlager für deutsche Soldaten. Verantwortungslos wär das gewesen. – Ich hätt damals ein Geschäft machen können, daß ich heut unanfechtbar wär in der Branche. Und es gäb nur mehr meinen Betrieb. So wie der Grötzinger glaubt, es gibt nur mehr den seinigen, mit dem er für euch die Lager gebaut hat.

HÄRTL Der Grötzinger war das!?

LAIPER Und was macht ihr jetzt? Ihr lauft weg aus meinem Betrieb, Fuhrmann, nur weils im Moment nicht so geht, wies gehen soll. Das ist der Dank. Aber ihr kriegt mich nicht klein. Zwei Kinder hab ich. Meine Familie – ich sorg mich um meine Familie – die steht wie eine Armee hinter mir, wenns drauf ankommt, und ich bin die große brutale Front! Wird sich rausstellen, wo der Sorm hingeht. Zu mir und zum Geschäft, – oder zur Sieglinde. – Ein Hergelaufener ist der. Der Sorm heiratet sie nicht. Das behauptet der Grötzinger, weil er seine Tochter sonst nicht unter die Haube kriegen kann. Aber das tut mir mein Sorm nicht an. Merkts euch, wenn ihr den Betrieb wechseln wollt, wer die Lager gebaut hat. – So. – Bring dem Härtl ein Bier, Immi. Auf meine Rechnung! Zahl, Marha. – Und dem Fuhrmann auch eins! Er ist zwar weggelaufen, aber wenns ihm dort besser gefällt als bei mir – ich geh jetzt.

PFANZELT *leise zur Wirtin:*
Ich muß zum Grötzinger. Ich komm nach der Sperrstunde durch den Keller. Laß offen.
Pfanzelt hinter Laiper und Marha ab.

HÄRTL Der geht und erzählt alles brühwarm dem Grötzinger. Der Pfanzelt ist ein Arschkriecher. Ich sags euch.

FUHRMANN *zu seiner Frau:* Ich bin froh, daß du wieder da bist.

Pause

Achte Szene *Grötzingers Wohnung*

»Schöner Wohnen«. Sieglinde sitzt in einem schweren breiten Sessel und macht sich die Nägel sauber. Grötzinger läuft hysterisch auf und ab.

GRÖTZINGER Wo bleibt der Pfanzelt nur. – Ob ich einmal anruf im Gericht.

Keine Antwort.

Er hat doch gesagt, er kommt sofort her.

SIEGLINDE Warum bist du nicht in die Verhandlung gegangen, wenn dus nicht aushältst, bis sie aus ist.

GRÖTZINGER Die Entscheidung ist so gut wie sicher. Aber man ist nervös.

Beide schweigen. Er geht weiter auf und ab.

Und der Sorm kommt?

SIEGLINDE Es hat keinen Zweck, daß du nervös auf und ab gehst. Ja.

Pause

GRÖTZINGER Und was denkst du über die Sache mit dem Schratzenstaller?

SIEGLINDE Was soll das? Der ruft mich an, ich muß ihn heiraten. Und dann erzählt er mir, du hast mich angeboten, ich muß – – –

GRÖTZINGER *unterbricht:* Ich hab dich nicht angeboten. Aber wenns mit dem Sorm nicht rechtzeitig klappt, dann kannst du den Schratzenstaller heiraten.

SIEGLINDE Das mit dem Schratzenstaller kannst du wieder abblasen. Da wird nichts draus. Ich heirat, wen ich will, und ich will den Sorm. Ich such mir meine Männer selber raus.

GRÖTZINGER Ich kann dem Schratzenstaller nicht einfach absagen. Das geht nicht. Der war interessiert und fast einverstanden. Natürlich hab ich ihm gesagt, daß die letzte Entscheidung bei dir liegt.

SIEGLINDE Lieber ohne Mann als mit dem, ich schwörs dir. Ich kenne ihn. Der ist 39. Und schaut aus wie ein Arbeiter. Wo ich Arbeiter nicht ausstehen kann. Das ist kein Vergleich zum Sorm. Außerdem ist das Laipergeschäft attraktiver.

GRÖTZINGER Wenns mit dem Sorm klappt, ist die Sache hinfällig, ist klar. Aber der Sorm macht mehr Dampf dahinter, wenn er hört, daß er nicht der einzige ist. Der hat sich nämlich schon drauf eingestellt, daß er Chef von beiden Betrieben wird. Dann überlegt er sichs nicht so lang.

Beide schweigen.

Daß der Laiper das mit den Gefangenenlagern herumerzählt, muß er mir noch büßen. Daß ich mit dem Schieber auch noch verwandt werden soll, halt ich kaum aus. – Diese Verleumdungen: Ich treib Abwerbung und arbeit mit minderwertigem Zement und so weiter, macht der, ohne daß er Beweise in der Hand hat.

Sieglinde sieht ihn an.

Natürlich treib ich Abwerbung. Wer nicht? Ich wär dumm, wenn ichs nicht machen würd, schließlich brauch ich Arbeitskräfte. Aber das mit dem Zement ist nicht wahr. *Er geht auf und ab.* Der Prozeß muß doch schon aus sein.

Keine Antwort.

Er hat Angst vor mir, das ist der einzige Grund, warum er sich so aufführt. Als ob ich an einem Verlustunternehmen interessiert wär.

SIEGLINDE Jetzt erzähl mir nur noch, du bist nicht am Laiper-Betrieb interessiert. Wie dumm hättest du mich heut gern.

GRÖTZINGER Ich bin nicht interessiert am Betrieb. Ich bin interessiert am Namen. 1962 bau ich die Schule in München und da könnt ich den Namen »Laiper« gut brauchen. Im großen Geschäft ist der Name Laiper ein guter Name. Der hat Tradition. Und auf den bin ich scharf. Laiper & Grötzinger hört sich gut an. Das klingt. *Er geht auf und ab.* Wenn ich den Prozeß verlier, dann wird nichts draus. Erstens hat er wieder einen Grund, daß er die Heirat verhindert, und du sitzt mit einem unehelichen Kind da, und zweitens verlier ich Arbeiter. Ein dreckiger Hund ist der. Ich würd ihn ruinieren. Wenn das nicht klappt mit der Heirat, ruinier ich den auch! Ich hab die ganzen Jahr den Laiper nur angebellt, und jetzt bin ich groß genug und beiß ihn.

SIEGLINDE Mach doch keinen solchen Wirbel wegen dem Kind.

Ich weiß, daß es dir nicht in den Kram paßt. Ich habs verstanden. Ich will den Sorm, und wenn das Kind unehelich kommt, dann kommts unehelich.

GRÖTZINGER Warum hat er denn das Geschäft noch nicht, dein Sorm?

SIEGLINDE Das ist nur eine Frage von Zeit, dann ---

GRÖTZINGER Von zwei Monaten, du Kuh, dann ist das Kind da.

SIEGLINDE Der Laiper ist krank und alt und abhängig vom Sorm und kann nicht mehr allein.

GRÖTZINGER Der Sorm ist abhängig von ihm. Das sieht man doch.

SIEGLINDE Von seinem Geld.

GRÖTZINGER Wer kein Geld hat, ist immer schlechter dran. – Wenn kein Kind kommen würd. –

SIEGLINDE *unterbricht:* Ich heirat jedenfalls den Sorm. Ein Kind ist nämlich noch lang kein Grund, daß ich den Schratzenstaller heirat, mit dem Pickel am Hals, den der hat.

Beide schweigen.

GRÖTZINGER Wenn was schief geht beim Prozeß, sitzt auf alle Fälle der Pfanzelt vorerst im Dreck. Das hab ich mit dem Rechtsanwalt so hingebogen. Im Grund kann mans ganz leicht beweisen, daß es meine Schuld ist.

Beide schweigen.

Und daß der Sorm an meinem Geschäft interessiert ist, ist auch klar. Deswegen hat er dir das Kind angehängt. Das sieht ein Blinder. Da ist die Schratzenstaller-Aktion gut. Weil: Jetzt muß ihm was einfallen.

Es klingelt. Sieglinde geht hinaus und kommt nach kurzer Zeit mit Sorm zurück. Sorm gibt Grötzinger die Hand.

Sorm! – Kirschwasser, Kognak.

SORM Kognak.

Sieglinde nimmt sich auch einen.

GRÖTZINGER Sorm. Ich schätz dich als Geschäftsmann, ich bin der Meinung, du mußt noch manches lernen –, ich schätz dich. Ich bin froh, daß du mein Nachfolger wirst und nicht irgendwer. Das hängt aber davon ab, daß ihr sofort heiratet. Die Lage ist so, daß es passieren muß. Muß! Und zwar so schnell wie möglich. Verstehst du? a) Ist deinem Vater das Maul gestopft und b) kommt das Kind nicht unehelich. Meine Stellung ist so einflußreich, daß mein Privatleben sauber sein muß. Ein uneheliches Kind geht nicht.

SIEGLINDE Wir sind uns einig, der Sorm und ich, daß wir dann halt später heiraten.

GRÖTZINGER Laß mich ausreden. Wir können uns ein uneheliches Kind nicht leisten. – In zwei Monat ists soweit.

SORM Grötzinger: Ich kann nichts machen. Ich muß warten, bis er mir das Geschäft übergibt. Eine andere Möglichkeit hab ich nicht. Reden nützt bei ihm nichts. Im Moment denkt er nicht mehr, sondern schreit nur noch.

GRÖTZINGER Sorm, ich hab dir angeboten –––

SORM *unterbricht:* Ich dank dir. Ich weiß nicht, ob du das verstehst. Ich häng an unserem Geschäft. Ich kann nicht weg. Ich dank dir für das Angebot, aber wenn ich bei dir als Angestellter

auf eine Reaktion

oder als Schwiegersohn arbeit, dann ist das nicht dasselbe.

GRÖTZINGER Das versteh ich.

SIEGLINDE Du kannst dem Sorm nicht zumuten, daß er nichts mehr mitzureden hat.

SORM Ich bin in einer Zwickmühle.

GRÖTZINGER Ich hab mir gedacht, für die Sieglinde würdest du notfalls auf euer Geschäft verzichten und das dem Glasp überlassen. Mein Geschäft wirst du sowieso einmal erben, und dann könntest du mit dem Glasp zusammengehen. Geheiratet muß jedenfalls werden. – Du kannst jede Unterstützung von mir haben, was das Geschäft betrifft. Mehr kann ich augenblicklich nicht. – Ich weiß nicht, wie weit dir ernst ist mit der Sieglinde, ich mein mit der Liebe. Aber um die Liebe gehts nicht mehr. Jetzt gehts ums Kind. Jetzt muß es ernst werden, Sorm. Wirklich. Mir sind die Hände gebunden. Es hängt alles von dir ab. *Sorm antwortet nicht.* Er weiß, daß er mir schwer schaden kann, wenn er dir das Geschäft nicht übergibt. Und wenn du die Sieglinde nicht heiratest. Und das kann ich mir nicht leisten. Ich find so schnell keinen anderen Mann, der sie mit einem Kind nimmt. Deswegen hab ich auf alle Fälle mit dem Schratzenstaller Verbindung aufgenommen. Der würd sie nehmen.

SORM Was?

GRÖTZINGER Du mußt dich ranhalten.

SIEGLINDE Ich heirat den nicht.

GRÖTZINGER Das sehen wir dann schon, ob du den heiratest oder nicht.

SORM Was?

GRÖTZINGER Ich fänd es schad, wenn du nicht mein Nachfolger werden würdest in meinem Betrieb. Ich gebs zu, ich wär froh drüber. Und die Sieglinde will dich auch. Es wär alles großartig. – Aber ich bin gezwungen, mich abzusichern mit dem Schratzenstaller. ich laß dich deswegen nicht fallen, Sorm, das ist nur für alle Fälle.

SORM *nach einer langen Pause:* Dann lassen wir uns aufbieten und stellen ihn einfach vor die Tatsache. Die Papiere sind in Ordnung. Wir können aufs Standesamt.

GRÖTZINGER Und du glaubst, das nützt.

SORM Ich weiß nicht.

GRÖTZINGER Und was ist, wenns nichts nützt?

SORM Ich weiß nicht. – Ich versprechs dir in die Hand, daß wir heiraten. Morgen lassen wir uns aufbieten. Wir heiraten auf alle Fälle. Sag dem Schratzenstaller, er soll sich keine Hoffnungen machen.

GRÖTZINGER Es wär dumm von dir, wenn du dir mein Geschäft durch die Lappen gehen lassen würdest. – Prost.

Sie stoßen an und trinken.

Und du entschuldigst, daß ich alles so hart gesagt hab, aber da muß Klarheit rein in diese Angelegenheit. Ansonsten wie vereinbart: Du bekommst leihweise von mir drei Baukräne. Bis ihr verheiratet seid, muß dein Vater Miete zahlen. Ein Caritasunternehmen bin ich nicht. Vor allem klär das mit der Heirat und informier mich.

SORM Ja.

Es klingelt. Sorm steht auf.

Wir gehen diese Woche noch zum Standesamt und leiten das in die Wege, Sieglinde.

SIEGLINDE Ja ––– *Sie will ihn küssen.* Sorm!

Es klingelt wieder. Grötzinger springt auf.

GRÖTZINGER *zu Sieglinde:* Schnell!

Sieglinde läuft hinaus

PFANZELT *tritt auf:* Gewonnen!

GRÖTZINGER Gottseidank.

PFANZELT Es war einfach. Ich habs mir schlimmer vorgestellt. Ich hab mich im wesentlichen nur an die Tatsachen halten müssen, außer – *Er sieht Sorm.* Guten Abend, Herr Laiper.

SORM Wir gehen gerade. Auf Wiedersehen. *Er gibt Pfanzelt die Hand.* Glückwunsch. Auf Wiedersehen. Wir telefonieren.

GRÖTZINGER Danke. Ja.
Zu Pfanzelt: Kognak?

PFANZELT Ja.

SIEGLINDE *küßt Grötzinger auf die Wange:* Ich komm heut nachmittag ins Büro, bevor du fährst.

GRÖTZINGER *leise:* Siehst du, jetzt funktioniert das ausgezeichnet.

SIEGLINDE *zu Pfanzelt:* Wiedersehen.
Sieglinde und Sorm gehen ab.

GRÖTZINGER Ich dank Ihnen, Pfanzelt. Ich dank Ihnen wirklich. Jetzt, wo Sie Bauführer bei mir sind, Pfanzelt – ich möcht, daß wir »Du« sagen.

PFANZELT Ja.

GRÖTZINGER *prostet:* Du.

PFANZELT *prostet:* Du.
Sie trinken und setzen sich.
Ich hab mich, wie gesagt, im wesentlichen nur an die Tatsachen halten müssen. Außer, wos um die Schuld vom Meier gegangen ist. Sonst hat alles der Rechtsanwalt gemacht. Es ist gut gegangen. *Er trinkt.* Von den 5000 hab ich meiner Frau einen ganz neuen modernen Rollstuhl gekauft. Aus dem Haus kann sie zwar trotzdem nicht, aber immerhin. Unf ich schick sie in Kur, jetzt, wo der Prozeß gewonnen ist. Ich bin Ihnen – dir dankbar, Grötzinger. – Ich mag dich. Weil du ehrlich zu mir bist. Du hättest mir das Geld auch erst jetzt geben können und hättest mich erpressen können, daß ich die falsche Aussage mach. Für soviel Geld hätt ich das wahrscheinlich getan. – Seit ich Bauführer bin, seh ich selber, daß es notwendig war, wie ich ausgesagt hab. Ich hätt sogar einen Meineid geschworen, wenns notwendig gewesen wär. Ich bin dir dankbar, Grötzinger.

GRÖTZINGER Das kann der Laiper jetzt gottseidank nicht benutzen gegen mich. Da bin ich gerichtlich geschützt. – Ich geb den Hinterbliebenen natürlich von mir aus Zuwendungen. Es geht um meinen guten Ruf als Geschäftsmann. Den kann ich nicht wegen Toten riskieren. Den kann ich sogar noch aufmöbeln durch Hilfeleistungen an die Hinterbliebenen. Kannst du feststellen, ob und wieviel ich von der Steuer absetzen kann?
Pfanzelt macht sich eine Notiz.
Ich hab noch allerhand mit dir vor, Pfanzelt. – Ich hab gemerkt, daß du ein ausgezeichneter Bauführer bist, und das in der kurzen Zeit. Ich versteh nicht, wie du auf den Bau gekommen bist. Als Arbeiter.

PFANZELT Der Krieg – es ging nicht anders. Und dann die lahme Frau. Ich hab viel Geld gebraucht immer. Die kränkelt, aber stirbt nicht.

GRÖTZINGER Du weißt, daß der Trzeziok geht. Dann brauch ich einen Prokuristen. Seit ich dich näher kenn, glaub ich, daß du ein ausgezeichneter Prokurist wärst. Du weißt, daß der Laiper Sorm und meine Sieglinde heiraten. Ich will zwar alles im Lauf der Zeit dem Sorm überlassen. Aber es kann sein, ich brauch jemand, der Einfluß hat. Verstehst du?

PFANZELT Ja.

GRÖTZINGER Irgendwann legen wir die zwei Geschäfte zusammen, und dann hast du einen ausgezeichneten Posten. Red noch nicht drüber, es ist noch nicht offiziell. – Halt dich ran, Pfanzelt! Prost!

PFANZELT Was Unangenehmes: Heut sind drei kleine Aufträge zurückgezogen worden, weil die Leut das Gefühl haben, es ist was dran, was der Laiper erzählt. – Die Lager!

GRÖTZINGER So.

PFANZELT Ja.

GRÖTZINGER Ich hab geglaubt, das mit den Lagern ist den Leuten nicht mehr so wichtig. Dann ists ernster als ich angenommen hab. Damals wars eine Ehre. Ich hab nicht erwartet, daß es heut gleich für so schlimm gehalten wird. – Ich muß mit dem Laiper reden. Organisier das, Pfanzelt. Ich muß heut nachmittag nach Frankfurt. Übermorgen bin ich wieder da. Da will ich mit ihm reden. – Die Heirat muß so schnell wie möglich passieren. Dann ist er gezwungen, das Maul zu halten und kann keinen Dreck mehr aufwühlen, und dann wächst wieder Gras drüber.

Neunte Szene *Glasps Schlafzimmer*

Kleiner Raum. Nackte Mädchen an den Wänden. Glasp liegt im Bett, raucht und liest. Laiper und Marha treten ein. Glasp bemerkt das und liest weiter. Schweigen. Marha und Laiper setzen sich auf Glasps Bettrand.

MARHA Ich hab dir einen Tee gebracht.

GLASP Ich hab schon hundertmal gesagt, ich bin nicht krank.

MARHA Du bist krankgeschrieben.

GLASP Wie oft muß ich noch sagen, daß er mich krankgeschrieben hat, weil ich nicht zur Musterung will.

MARHA Was nutzt dir das, die erwischen jeden, Glasp. *Pause.* Ein Tee kann auf keinen Fall schaden. Das ist ein Kamillentee, da kannst du schwitzen.

GLASP Ich bin nicht krank!

MARHA Ich trink eine Tasse mit.

LAIPER *kollegial:* Und ich trink ein Bier.

GLASP Müßt ihr das bei mir herinnen machen?

Schweigen. Er liest.

MARHA *nimmt ihm das Buch weg:* Du verdirbst dir die Augen noch mehr bei dem Licht. Wo hast du deine Brille. *Sie setzt sie ihm auf.* So.

Glasp verschränkt die Arme hinter seinem Kopf.

Du machst mich nervös. Red was! – Red was, Glasp. Wir wollen uns mit dir unterhalten.

GLASP Was soll ich reden?

MARHA Ich kanns nicht haben, wenn jemand nicht redet. Zum Reden sind wir da. Mein ich wenigstens.

GLASP Ja. Was soll ich reden.

Schweigen.

MARHA Wir wollen schauen, wies dir geht.

GLASP Ach was? Ihr denkts wieder an mich? Was geht denn schief?

MARHA Sag nicht sowas, Glasp.

Schweigen.

Erzähl uns was. Von deinem Leben. – Hast du eine Freundin?

GLASP Nein.

MARHA Das gibts doch nicht. In deinem Alter muß man doch wenigstens eine Freundin haben.

GLASP Ich brauch keine.

MARHA Das versteh ich nicht. Du mußt doch irgendwas lieben.

GLASP Ich weiß nichts.

MARHA Das gibts nicht. Du brauchst eine Freundin. Und ich verbiet dir, daß du das Zeug liest, in Zukunft, von diesem Sarter oder wie. – Das ist schuld, daß du nichts liebst.

GLASP *schweigt und brüllt plötzlich:* Laßt mich in Ruh damit, und kümmerts euch um euern eigenen Dreck. Ich kann diese Dummheit nicht ausstehen. Ich brauch keine Freundin. Wozu?

Die legen sich nur hin und machen die Beine auseinander. Sonst tun die doch nichts. Ich brauch keine Freundin. Ich will auch keine.

MARHA *kichert verschämt:* Glasp!

GLASP *dreht sich zur Wand:* Laßts mich in Ruh.

MARHA Was redest du nicht mit uns, Glasp? – Glasp!
Schweigen.

LAIPER Du, Glasp, ich hab beim Notar das Testament verändert, daß du die Hälfte vom Geschäft erbst. Ich kanns dem Sorm nicht mehr ganz überlassen, der hat hinter meinem Rücken Besprechungen mit dem Grötzinger. Das nehm ich ihm übel. Ich kann mich auf ihn nicht mehr verlassen. Du bist jetzt Teilhaber.

GLASP Ich will das nicht.

LAIPER Warum willst du studieren, Glasp. Ich halt das für ein hinausgeworfenes Geld. Ich hab nicht studiert und habs zu was gebracht. Ich weiß nicht, woran das liegt, daß dich das Geschäft nicht interessiert. Du schlägst völlig aus der Art. Lehrer und Studienrat! Das sind doch die letzten Berufe, Glasp.

MARHA Seit dus Abitur gemacht hast, liegst du rum. Und tust nichts. Das ist doch auch nichts. Glasp.

GLASP Ich wart auf den Semesterbeginn im Herbst. – Mit euerm Geschäft könnts mich jedenfalls in Ruh lassen. Mir wird schlecht, wenn ich euch hör! Wie ihr hinterm Geld her seid ist zum Kotzen. Diese Streitereien mit dem Grötzinger sind eklatant niveaulos. So will ich nicht werden. Was soll ich also mit dem Geschäft. Ich habs Abitur, soll ich vielleicht dasselbe machen wie der Sorm, der keins hat? Für was hab ichs dann? Ich will studieren! Und wenns nicht geht, ists auch wurscht. Dann lieg ich rum. Oder ich geh zur Bundeswehr. Es ist sowieso egal, was man macht.

MARHA Das ist nur dieser Sarter oder so ähnlich.

LAIPER Ich versteh euch jungen Leut nicht. – Und von der Sieglinde sagen auch alle, sie paßt nicht zu uns. Genußsüchtig ist die. Das imponiert dem Sorm. Dem gefällt das, daß sie Urlaubsreisen macht. Warum arbeitet die, wenn sie ein Kind kriegt? Die soll kochen und einen Haushalt führen lernen. Was muß die arbeiten. Das ist Männersache. Die ist geil und in meinen Augen eine bessere Nutte. Und das soll meine Schwiegertochter werden. Die kriegt ein Kind vom Sorm, und man weiß nicht, ob sies richtig erziehen kann. Das ist ein Enkel von mir, und ich weiß nicht, ob er in guten Händen ist. Und ich kann mich nicht drum kümmern; weil ich sonst die Heirat erlauben muß. Ich kann dem Sorm das Geschäft allein nicht überlassen. Ich überleg mir sogar, ob ich ihn nicht enterb und dir alles allein geb.

GLASP Kaum geht was schief, muß der Ersatzsohn ran und die Scheiße für euch sortieren! Gemütlich! Jammert woanders. Ich möchte weiterlesen.

LAIPER Ich werd ihn schon nicht enterben müssen. Eine Hälfte gehört jedenfalls dir.
Schweigen.
Der Sorm behauptet, ich hätt veralterte Arbeitsmethoden. Glaubst du das auch, Glasp?

GLASP Da versteh ich nichts. Im Denken bist du jedenfalls nicht modern und auf der Höhe der Zeit.

LAIPER *nach einer Pause:* Ich will das Beste für den Sorm. Ehrlich. Ich mein, es ist das Beste, wenn ich ihn nicht heiraten lasse. – Für dich will ich auch das Beste, Glasp. Ich hab genug drin für dich im Testament. Es reicht für dich.
Schweigen.
Ich weiß nicht mehr, ob ichs richtig mach, mit dem Geschäft und euch Kindern.
Schweigen.
Der Sorm sagt, wenns nach ihm ging, wär ich nicht sein Vater.
Glasp antwortet nicht, Laiper stößt ihn an.
Hättest du dir auch einen anderen Vater ausgesucht? – Ich red mit dir. – Sag!

GLASP *dreht sich zur Wand:* Ich weiß nicht. Vielleicht. Vielleicht nicht. Ach! – Wahrscheinlich gar keinen. Laß mich in Ruh.

LAIPER *dreht ihn zu sich:* Du machst mir doch keinen Vorwurf, daß du lebst.

GLASP Nein. Ich weiß jetzt, wie es ist, wenn man lebt. Ich bin dir dankbar.
Laiper schnappt nach Luft.
Dankbar!

MARHA Hör auf!

GLASP *brüllt:* Ich bin dir dankbar! Dankbar! – Warum wollt ihr denn mit mir reden! Auf einmal! Für mich ists kein Vergnügen, wenn ich mich mit euch unterhalt! Ich bin dir dankbar! Schau dich doch an! Versagt hast du. Und jetzt, wos zu spät ist, kommst du zu mir.

MARHA Hörst du auf! Du störrischer Krüppel! Du!
Sie gibt ihm eine Ohrfeige. Glasp sieht sie an und schlägt zurück.

LAIPER Du bist noch jung, Glasp, du hast das Leben noch –

GLASP *unterbricht:* Ich les jetzt auf dem Abort. *Er geht ab.*
Marha und Laiper bleiben übrig. Marha fängt zu weinen an.

Zehnte Szene *Toilettengang in der Wirtschaft*

Rechts H., links D., Veit und Laiper kommen.

VEIT Eigentlich ists sicher. Es fehlt mir noch eine Stimme, dann kann ich kandidieren. Die vom Senftl.
Immi trägt einen Schweinsbraten von der Küche in die Wirtschaft. Sie warten.
Du kennst doch den Senftl, Otto. Red mit ihm, wenn du ihn triffst, im Landshuter Fürstenhochzeit-Verein. Überleg dir einmal, was ich als Stadtverordneter alles für unser Geschäft tun kann. Du hast doch einen Einfluß auf den Senftl.

LAIPER Das ist ein guter Freund von mir. Ja. Ich red mit ihm.
Beide ab in H. Pause. Härtl und Sorm treten auf. Härtl hat Papiere in der Hand. Kurz darauf Immi, die Zigaretten aus dem Automat holt.

SORM Ich versprech euch die Winterzulage und alle Punkte, die ihr aufgeschrieben habt. – Jetzt steck doch die dummen Kündigungen weg.
Härtl reagiert nicht.
Ich versprech euch, daß die Aufenthaltsräume sauber gehalten werden.
Er bemerkt Immi und wartet, bis sie abgeht.
Eine gesundheitliche Untersuchung kann ich euch nicht versprechen. Aber ich versuchs, ob sichs einrichten läßt. Nur wirf die dummen Zettel weg.

HÄRTL Nein. Das hast du uns schon alles zu oft versprochen, und nichts ist passiert. Jetzt meinen wirs ernst, Sorm. Jetzt ists zu spät.

Laiper und Veit kommen aus H.

Zu Laiper: Ich komm wegen unseren Fragen.

LAIPER Jetzt bist du gekommen und kannst schon wieder gehen. Ich hab dir schon in der Wirtschaft gesagt, du sollst mich nicht belästigen.

HÄRTL Beim Grötzinger werden die Arbeiter regelmäßig gesundheitlich überwacht. Das interessiert uns auch stark.

LAIPER Ihr seid gesund und braucht das nicht. Bei mir nicht. Ihr lebt auch so weiter. Und euere Forderungen sind abgelehnt.

HÄRTL *gibt Laiper die Kündigungen:* Da! Das sind die Kündigungen von allen Arbeitern. Es sind alle.

Laiper will gerade zu brüllen anfangen, da kommt Emmi mit einer garnierten Kalbshaxe und geht in die Wirtschaft. Laiper will sofort wieder anfangen, da kommt Immi aus der Wirtschaft und holt Zigaretten und geht ab. Dann kommt Emmi aus der Wirtschaft und geht in die Küche.

LAIPER *brüllt:* Dann geht doch! Geh doch!

Er wirft Härtl die Kündigungen vor die Füße und geht ab. Veit folgt ihm.

HÄRTL Es ist ernst gemeint. Bei dem Arbeitskräftemangel würd ich mir das an deiner Stelle nicht erlauben.

SORM Härtl, mein Vater übergibt mir nächste Woche das Geschäft, deswegen ist er so. Wenn die beiden Geschäfte zusammengelegt werden, der Grötzinger und unsers, dann wirst du Prokurist. Ich versprech dirs. Ich hab schon längst dran gedacht. Das ist ein guter Posten, Härtl, und ich bin der Meinung, du kannst das. Hast ja Erfahrung durch deine Gewerkschaftsarbeit.

HÄRTL Prokurist?

SORM Ja.

Immi geht mit einem Nierenbraten durch. Schweigen.

Überleg dir einmal, was du da mehr verdienst. Du kannst uns doch jetzt nicht kurz vorm Zusammenschluß einen Strich durch die Rechnung machen. – Jetzt steck die Kündigungen wieder ein. Du könntest uns damit ruinieren, wies jetzt steht, Härtl. Wir sind jetzt am Tiefpunkt. Ich sags, wies ist. Wir sind schon in Zahlungsschwierigkeiten. Und überleg dir, was für ein schöner Posten dir da verloren ging.

HÄRTL Ich red mit den andern. Vielleicht sind sie einverstanden mit einem Aufschub. Vorerst kündigen wir. Das haben wir vereinbart. Da.

Sorm nimmt die Kündigungen. Härtl geht in H. Sorm geht ab. Pause. Die Tür von D geht auf. Marha kommt heraus und geht in die Wirtschaft.

Elfte Szene *Schlafzimmer Wirtin*

Pfanzelt und die Wirtin ziehen sich an. Es ist Tag.

PFANZELT Daß du soviel mit den Laipern verkehrst, paßt mir gar nicht.

WIRTIN Die Marha schickt mir immer Gäste zum Wohnen. Ich muß sie mir warm halten. Außerdem ist sie meine beste Freundin.

PFANZELT Der Grötzinger will mich zum Prokuristen machen, wenn der Trzeziok geht. Red aber noch nicht drüber. Der Grötzinger will sich demnächst mit dem Laiper treffen. Ich habs organisiert, daß es bei dir in der Wirtschaft ist, bevor du aufmachst, damit niemand zuhören kann. Halt die Ohren auf. Damit ich auf dem Laufenden bleib.
Schweigen
Ich hab auch schon in deiner Sache was unternommen. Der Grötzinger ist nicht abgeneigt. Und die Kantine wirft viel Geld ab. – Eigentlich könnten wir schon zusammenleben, da hast du recht.

WIRTIN Irgendwas muß passieren mit uns. Du mußt dich scheiden lassen. Es ist unmoralisch, was wir machen. Ich muß als Witwe auf untadeligen Lebenswandel achten. Ich hab durch diese Negerwirtschaft nebenan sowieso nur mehr Gesindel und Arbeiter als Gäste. Gestern waren sogar zwei Huren herinnen bei mir. Die Neger fliegen zwar raus, aber trotzdem –. Du mußt dich scheiden lassen. Ich bin bekannt, daß ich auf Moral was geb. Was gibt das für ein Bild von mir, wenn das aufkommt zwischen uns. – Laß die Vorhäng zu. Sonst könnt jemand hereinschauen. Ist doch hell draußen. Wir können das nicht in aller Öffentlichkeit machen, Herbert. Versteh das doch. Ich bin eine Geschäftsfrau und hab einen Ruf. Es geht nur heimlich. Und tagsüber ists auch unsicher. Das geht nicht mehr. Meine Bedienungen schauen schon ganz komisch, wenn ich freitags und mittwochs heraufgeh am Nachmittag. Jetzt gehts schon ein Jahr mit uns. Laß dich scheiden, Herbert. Was willst du denn mit einer lahmen Frau.

PFANZELT Verheiratet sein wär die richtige Form für die Leut. Man darfs halt nicht überstürzen. Ich schau einmal, was geht. Und mit dem Gespräch zwischen den zweien informier ich dich, wann es ist.

WIRTIN Ja. – Ich glaub, ich werd die Freundschaft mit der Marha ein bissel drosseln. Das ist nichts mehr. Ich glaub, beim Grötzinger steigt jetzt der blaue Rauch auf.

PFANZELT Ja. Schon lang.

Zwölfte Szene *Wirtshausstube gutbürgerlich*

Szene wie 7. Bild. Grötzinger sitzt an einem Tisch. Die Stühle stehen hoch. Es ist früh am Morgen. Laiper tritt auf.

LAIPER Wirtin, zwei Bier!

Er setzt sich. Wirtin bringt Bier. Laiper und Grötzinger schweigen. Wirtin geht ab.

GRÖTZINGER Schön, daß du gekommen bist.

LAIPER Ich bin eigentlich krank. Ich bin nur gekommen, daß du siehst, daß ich ein verträglicher Mensch bin.

Beide schweigen.

GRÖTZINGER Wie gehts?

LAIPER Na ja.

GRÖTZINGER Und sonst.

LAIPER Man lebt.

GRÖTZINGER Das ist nicht viel. *Nach einer Pause.* Und das Geschäft.

LAIPER Das geht dich nichts an.

Beide schweigen.

Trink! – Geht auf meine Rechnung.

GRÖTZINGER *nach einer Pause:* Wenn man dich so sieht, Otto, möcht man meinen, dein Betrieb ist gesund und stark und wirft Geld ab. – Es ist aber nicht so, soviel ich weiß. Ich schätz dich als Mensch, aber ich glaub, es wär besser, wenn du dem Sorm –

LAIPER *unterbricht:* Misch dich nicht in Sachen, die dich nichts angehen. – Warum willst du mit mir reden.

GRÖTZINGER Die Heirat.

LAIPER Ja. Was ist damit.

GRÖTZINGER Ich versteh nicht, warum du so dagegen bist.

LAIPER Nein.

GRÖTZINGER Hast du was gegen meine Sieglinde?

LAIPER Nein.

GRÖTZINGER Ich versteh nicht, warum du so dagegen bist.

Laiper lacht.

Der Sorm und die Sieglinde wollen heiraten. Das hat doch mit uns nichts zu tun.

LAIPER Warum willst du dann mit mir reden? – Dann sollen die zwei das doch miteinander ausmachen.

GRÖTZINGER Ich tu das für meine Sieglinde, wenn ich mit dir rede. Mir ists nur für die Sieglinde wichtig.

Laiper lacht.

Warum lachst du. Ich hab keine anderen Interessen.

LAIPER Warum sagst du das so ausdrücklich?

GRÖTZINGER Sie will den Sorm heiraten, und wenn sie ihn durchaus haben will, dann tu ich alles, daß sie ihn kriegt. Es wär da noch ein Angebot gewesen, von jemand, der sie heiraten würd. –

LAIPER Aber der hat dich nicht so interessiert, wie mein Sorm, nehm ich an. Der hat wahrscheinlich kein Geschäft gehabt.

GRÖTZINGER Das hat mit unserer Konkurrenz nichts zu tun, daß ich jetzt mit dir red. – Sie versteift sich auf den Sorm, und ich zwing sie nicht, daß sie einen anderen nimmt. Aber einen Mann braucht sie. Besonders jetzt, wo das Kind unterwegs ist. – Ich weiß nicht, ob du das verstehst. Es handelt sich darum: Die Sieglinde hat so schlimme Sachen in ihrem Leben schon mitgemacht, daß ich mich jetzt besonders dafür einsetz, daß sie was vom Leben kriegt. – Meine erste Frau, die haben die doch damals, also, abgeholt –

LAIPER Ins KZ.

GRÖTZINGER Und die Sieglinde, die haben sie mitgenommen.

LAIPER Auch ins KZ.

GRÖTZINGER *laut:* Ich hab getan für die zwei, was ich konnte.

LAIPER *lacht:* Vor allem hast du sofort wieder geheiratet, und zwar was Arisches, nachdem deine erste Frau tot war. Na ja, die zweite ist ja auch tot.

GRÖTZINGER Ich hab ein zweites Mal geheiratet, daß die Sieglinde geschützt ist.

LAIPER Und weil deine zweite Frau – Gott hab sie selig – ein Sägewerk gehabt hat. Und weil dus bei deiner ersten Frau vergessen hast, das Schützen.

GRÖTZINGER *nach einer Pause:* Schau: Die Sieglinde hat Sarah geheißen. Ich hab sie umtaufen lassen in Sieglinde, daß das Blut verdeckt ist. Mehr hab ich nicht tun können, sonst hätten sie mir das Geschäft damals zugemacht. Von einem KZ hab ich nichts gewußt, damals. Es hat immer geheißen, in Dachau, da ist eine Kartoffelpulverfabrik.

LAIPER Wenn Westwind war, haben die Leut erzählt, hats nach verbranntem Fleisch gerochen.

GRÖTZINGER Schon. Hab ich auch gehört. Ich bin ein einfacher Mensch. Ich hab das damals nicht überblickt.

LAIPER Du bist kein einfacher Mensch. Ob dus damals überblickt hast, kann ich nicht beurteilen.

GRÖTZINGER Auf alle Fälle hab ich getan, was ich konnte. Und jetzt will ich, daß sie ein schönes Leben hat. Deswegen mein ich, sollst du nachgeben.

LAIPER Daß du für deine Tochter ein schönes Leben willst, ist ausschließlich deine Sache, das geht mich nichts an. Ich bin kein Männerlieferant für Töchter, die sonst keinen Mann kriegen.

GRÖTZINGER Der Sorm will sie heiraten. Es hängt doch nicht davon ab, daß sie keinen anderen kriegt. – Du weißt genau, daß meine Sieglinde gut aussieht, und daß sie eine gute Partie ist.

LAIPER Dann such dir jemand, der sie heiratet.

GRÖTZINGER *nach einer langen Pause:* Die Sieglinde kriegt 50 000 Mitgift.

LAIPER Ich hab angenommen, daß sie viel kriegt.

GRÖTZINGER *nach einer Pause:* Eventuell kann ich höher gehen.

Keine Antwort.

Ich wär sogar bereit, auf 55 000 zu gehen.

LAIPER Hundert Weiber mit Geld kriegt der Sorm, wenn er will.

GRÖTZINGER 60 000.

LAIPER Ein Kerl wie ein Baum. Mit den Schenkeln und dem Kreuz kriegt der hundert Weiber mit Geld.

GRÖTZINGER Aber er will die Sieglinde. – Ich geb 70 000.

LAIPER Mehr ist sie auch nicht wert.

GRÖTZINGER Bis 70 000 geh ich. Mehr nicht.

LAIPER *nach einer Pause:* Mein Geschäft willst du schlucken! Und kommst mir mit schönem Leben für deine Tochter und 70 000. Du kommst mir nicht in mein Geschäft!

GRÖTZINGER Es gibt nicht viele Betriebe, die am pleitegehen sind, die mich so wenig interessieren, wie deiner.

LAIPER Ich bin nicht dumm. Du hast die Sieglinde meinem Sorm auf den Hals gehetzt, weil du mein Geschäft willst.

GRÖTZINGER Dein Geschäft ist für mich viel zu uninteressant, als daß ich darüber reden will jetzt. – Die Sieglinde kriegt ein Kind vom Sorm. Eine Abtreibung ist nicht mehr möglich. Ich kann mir genausowenig leisten wie du, daß die zwei ein uneheliches Kind haben.

LAIPER Das Kind kriegt deine Tochter. Für den Sorm ists keine Schand. Und kein Nachteil. Die Alimente zahlen wir. Die Blamage bleibt bei euch. Für eine Heirat seh ich keinen Grund.

GRÖTZINGER Daß du rücksichtslos bis, Otto, ist allgemein bekannt. Daß du ungeschickt bist auch. Aber daß du sogar noch stur bist, wo du Gelegenheit hast, deinen Betrieb zu sanieren, versteh ich nicht.

LAIPER Mein Betrieb geht gut genug ohne dich. Ich brauch mich nicht sanieren. Und wenn, nicht mit deinen Mitteln.

GRÖTZINGER Wenn die Heirat nicht klappt, ruinier ich dich. Du weißt, daß ich das kann.

LAIPER Feststeht, daß du meinen Betrieb nicht schluckst.

GRÖTZINGER Deinen Betrieb schluck ich nicht. Den mach ich kaputt, wenn die Heirat nicht klappt.

LAIPER Sei froh, wenn dein Betrieb die Geschichte mit den Gefangenenlagern übersteht. Seitdem hab ich zwei von deinen Kunden.

GRÖTZINGER Das macht mir keine Sorgen. Die kommen schon wieder zu mir, wenn du mit deinem Laden versagt hast.

LAIPER Ich laß dem Sorm jetzt mehr Handlungsfreiheit. – Und wenn das Kind erst einmal auf der Welt ist, dann interessiert ihn eine Heirat auch nicht mehr.

GRÖTZINGER *nach einer Pause:* Der Sorm und die Sieglinde sind aufgeboten.

LAIPER *nach einer langen Pause:* Was. – Was sagst du da?

GRÖTZINGER In drei Wochen ist Hochzeit.

LAIPER Das macht der Sorm rückgängig.

GRÖTZINGER Ich hab mit ihm gesprochen. Er sagt: Nein.

LAIPER Dann enterb ich ihn.

GRÖTZINGER Als ob das einen Zweck hätt.

LAIPER Das wollen wir sehen, ob der Sorm die Heirat nicht läßt. Ich zünd meinen Betrieb eher an, als daß ich zulaß, daß du was damit zu tun hast. – Wenn das stimmt, dann kannst du was erleben, dann setz ich die Sache mit den Lagern in die Zeitung. Dann – dann –! Aber soweit kommts gar nicht, weil dem Sorm das Geschäft wichtiger ist, als dein Flittchen, dein blondes.

GRÖTZINGER Du mußt selber wissen, was du tust. Ich kann dir nur sagen: Wenn die Heirat nicht klappt, dann arbeit ich mit allen Mitteln gegen dich. Und dann ists aus mit dir. Der Sorm ist auf meiner Seite. Der will Chef von beiden Betrieben werden.

LAIPER *hat einen Hustenanfall:* Deine Tochter sitzt ihr Leben lang mit einem unehelichen Kind rum, dafür sorg ich. Der Sorm steht zu mir. Das mit den Gefangenenlagern heiz ich immer wieder auf. Und das mit dem Kind gibt dir den Rest. – Wollen sehen, wer das überlebt.

GRÖTZINGER *steht auf:* Ich ruinier dich. Und wenn wir alle zwei kaputt gehen.

LAIPER Ich werds überleben. Ich auf alle Fälle.

Grötzinger ab. Laiper sitzt und stiert vor sich hin.

Dreizehnte Szene *Laipers Wohnzimmer*

Wie 6. Bild. Marha bügelt. Laiper sitzt am Tisch.

LAIPER Hol den Sorm!

Marha reagiert nicht.

Du sollst den Sorm holen!

MARHA Reg dich nicht auf. Der Arzt hat gesagt –

LAIPER *unterbricht:* Hol den Sorm!

MARHA *schreit:* Du sollst dich nicht aufregen.

LAIPER Du sollst den Sorm holen!

Laiper bekommt einen Hustenanfall, Marha geht und tritt kurz danach mit Sorm wieder auf.

Red!

SORM Du weißt es doch!

LAIPER Möchts von dir hören.

SORM Wir sind aufgeboten, in drei Wochen ist die Heirat.

LAIPER *sieht ihn an:* Sorm, warum tust du mir das an?

SORM Wie oft soll ich dirs erklären? Es ist was unterwegs. Wir haben uns gern. Wir heiraten.

LAIPER Setz dich. *Sorm setzt sich.*

Seit wann muß man gleich heiraten, wenn ein Kind kommt. – Sei vernünftig, Sorm. Daß du ein Kind mit ihr bekommst – das war ein Fehler von dir. – Laß mich ausreden und spring nicht nach jedem Wort auf, das ich sag. – Jeder macht Fehler. Ich auch. Das ist ein Jugendstreich. Ich zahl für dich die Alimente. Im Gegenteil: Wir kommen billiger weg mit den Alimenten, als wenn du sie heiratest. – Bleib sitzen! Ich bin doch auch ruhig und red mit dir, ohne daß ich dauernd aufspring. – Sei vernünftig, Sorm. Sie paßt nicht zu uns.

MARHA Sei vernünftig, wenn er sagt, du sollst vernünftig sein.

SORM Ich laß mir von dir nicht alles kaputt machen. Ich soll das Geschäft übernehmen. *Er lacht.*

Ich laß mich von dir nicht ausnützen. Kann ich mich denn drauf verlassen, daß ich das Geschäft krieg? Was? Kann man sich bei dir auf irgendwas verlassen? Ich red und red und red, und du sitzt da.

LAIPER Du kriegst das Geschäft von mir.

SORM Wann?

LAIPER In ein paar Jahren. Vielleicht nächstes Jahr.

SORM Ich geh jetzt.

LAIPER Du kriegst es. Setz dich her. Wenn du die nicht heiraten wolltest, hättest es schon lang. – Du kriegst eine andere Frau von mir. Eine richtige Frau, die auch zu uns paßt.

SORM Die Sieglinde ist hübsch. Ist immer gut angezogen. Ist gescheit.

LAIPER Zu was ist eine gescheite Frau gut. Mir hats nie geschadet, daß die Marha saudumm ist.

Sorm antwortet nicht.

– Mit dir kann man nicht reden.

MARHA *zu Sorm:* Reg ihn nicht auf. Er braucht Schonung. Ärger ist nicht gut fürs Herz.

LAIPER Red nicht mit ihm, Marha. Man kann nicht mit ihm reden. Das ist zwecklos.

SORM Wenns nach dir ging –

LAIPER *unterbricht und schreit ihn an:* Es geht nach mir!

SORM Schrei mich nicht an, du –. Du bist nicht fähig, daß du ein Geschäft führst. Was du machst, ist Mißwirtschaft.

LAIPER Weil ich Kinder hab, die mir nicht helfen.

SORM Wir sind nicht für dich da. Der Glasp will studieren. Es geht nicht, weil kein Studierter in der Familie sein darf. Was soll aus dem Glasp werden?

Laiper antwortet nicht.

Ich werd seit zwei Jahren behandelt wie ein Trottel.

LAIPER *leise:* Ich hab an euch gedacht, wenn ich was gemacht hab.

SORM Da hättest mehr denken sollen. Das Geschäft geht dem Ruin zu. Durch deine Schuld. Ich kanns auch nicht ändern. Man kanns nur ändern, wenn ich die Sieglinde heirat. Und es trifft sich gut, daß wir uns gern haben.

LAIPER *brüllt:* Dann rentiert sichs nicht mehr, daß ich dir das Geschäft übergeb, wenn wir pleite sind.

Sie schweigen.

Der Grötzinger will mein Geschäft schlucken, ich bin nicht blind.

MARHA Jawohl!

LAIPER Das ist ein Hergelaufener, der Grötzinger. Das ist der Abschaum der Menschheit. Der Abschaum! – Der verkauft sogar seine Tochter, daß er unser Geschäft kriegt. Und du bist so dumm und merkst das nicht. Außerdem ist sie Jüdin. Ich laß nicht zu, daß der mein Geschäft kriegt. Ich laß es nicht zu. Lieber zünd ichs an. Ist dir das klar.

Sorm antwortet nicht.

Ein Dickschädel bist du.

SORM Du stehst mir im Weg.

LAIPER Du mir auch.

SORM Aber ich bin jung. – Ich warn dich.

LAIPER Drohen willst du! Du willst mir drohen! Ihr seid aufgeboten? Du gehst morgen aufs Standesamt und machst das rückgängig.

MARHA Tus doch, Sorm, wenn ers haben will.

SORM *schreit:* Halt du doch endlich das Maul.

LAIPER Die Blamage mit dem Kind hat die Sieglinde, nicht du. Jeder würd sich die Finger abschlecken nach meinem Geschäft.

SORM Der Grötzinger hat sonst keine Kinder. Ich hab dann das größte Baugeschäft in der Umgebung. Und die Aussichten laß ich mir nicht verpatzen. Das sind die besten Aussichten. Die hat man nicht jeden Tag. Und wenn ich jetzt nicht heirat, dann tuts der Schratzenstaller. Und dann sind wir ruiniert, weil die Arbeiter bei uns geschlossen gekündigt haben.

LAIPER So gehts nicht mehr weiter. Das hat keinen Respekt mehr vor seinen Eltern. Ich weiß schon, warum du sie heiraten willst. Du willst mich draußen haben aus dem Geschäft. Und das redet sie dir ein. Du willst mich ausstechen. Und merkst gar nicht, daß der Grötzinger dahintersteckt. – Aber – so gehts nicht mehr weiter.

MARHA Nein. So gehts nicht mehr weiter, Otto.

LAIPER Da muß ich andere Seiten aufziehen.

MARHA Da mußt du jetzt andere Seiten aufziehen, Otto.

LAIPER Du bist selber schuld, Sorm.

MARHA Du bist selber schuld, wenn wir jetzt andere Seiten aufziehen.

LAIPER Ich erlaubs nicht, daß du die Sieglinde heiratest.

MARHA Das erlauben wir nicht.

SORM Wills denn nicht hinein in deinen dummen Schädel!

LAIPER *nach einer langen Pause:* Papier!

Marha bringt ihm Papier und Füllhalter.

SORM Ich laß mir nicht vorschreiben, wen ich heirat.

LAIPER *beginnt zu schreiben:* Dann geh. Heirat sie und verschwind. Dann wirst du jetzt enterbt. Und hast nichts und kannst nichts. Du kannst gehen. Heirat sie! Meinetwegen. Das Geschäft kriegt der Glasp. Du kannst auch gleich aus deinem Zimmer ausziehen.

SORM Vater –

LAIPER Was ist? Warum redest du nicht weiter? Hast dus dir überlegt?

Sorm antwortet nicht.

Du steckst mit dem Grötzinger unter einer Decke. So ist das also. Ich enterb dich.

SORM Ich hab nichts mit dem Grötzinger zu tun.

LAIPER Er hat mirs selber gesagt, daß du auf seiner Seite gegen mich bist. Und ich muß es ihm glauben, so wie du dich benimmst. Es kann passieren was will, der Grötzinger kommt nicht in mein Geschäft. Ich will dein Bestes, Sorm, wenn du das nicht einsiehst, tust du mir leid.

SORM Du kannst mich nicht enterben.

LAIPER Wenn dir das Geschäft wichtig wär, würdest du nachgeben. Du mußt auf das Geschäft Rücksicht nehmen. Ich unterschreib jetzt. Du kannst dirs noch überlegen, Sorm – ein Kerl wie du –

Sorm antwortet nicht.

Heiratest du sie – ja oder nein.

SORM Ich brauch das Geschäft.

LAIPER Ja oder nein.

SORM Ich hab meine Zukunft auf dem Geschäft aufgebaut.

LAIPER Ja oder nein.

SORM Ich liebe die Sieglinde.

LAIPER Das interessiert mich nicht. Also: Otto Laiper.

Er unterschreibt.

Jetzt bist du enterbt.

SORM Du kannst mich nicht enterben. Es hat dich zu interessieren, wen ich liebe. *Sorm stürzt auf ihn los.* Ich liebe sie, und ich brauch sie, und ich brauch das Geschäft. Ich brauch das zum Leben. *Er würgt Laiper.* Das ist mein Geschäft, das du kaputt machst, weils mein Geschäft wird. Ich heirat die Sieglinde. Begreif das doch. Ich bin auch nur ein Mensch. Und du stehst mir im Weg. Ich laß nicht auf mir rumtrampeln. Ich heirat sie!

Laiper ist tot, gleitet an Sorm hinunter. Sorm bemerkt es.

MARHA Warum rührt er sich denn – – – nein – – –. Du hast ihn umgebracht.

Sorm schweigt.

Mein Gott –. Was soll ich machen. Was soll ich nur machen.

Sorm schweigt.

Was wird aus mir? *Sie weint.* Wenn der Otto gewußt hätt, daß du ihn umbringen willst, hätt er doch nachgegeben.

Sorm schweigt.

Ich habs dir angesehen. Ich habs dir immer angesehen.

SORM *brüllt:* Nichts hast du mir angesehen.

MARHA Ja. *Sie schweigen.* Was soll jetzt werden?

SORM Er ist erstickt. Mach die Vorhäng zu.

Marha tut es.

Wo ist das Testament. *Er zerreißt es.* Der Glasp darf nichts erfahren. Für den ist er genauso gestorben wie für alle anderen. Er hat ein schwaches Herz gehabt. Das ist günstig.

Marha steht wieder vor Laiper und beginnt zu weinen.

Mein Gott, er ist ja tot.

Vierzehnte Szene *Laipers Büro*

Kleiner Raum. Marha schmückt den aufgebahrten Laiper mit Schnitt- und Topfblumen, die Helga von draußen bringt. Sorm telefoniert. Arzt untersucht Laiper.

SORM *telefoniert:* Herr Pfarrer, mein Vater ist heute nacht gestorben. – Ja. – Dankeschön. – Bitte? – Ja. – Nein, er ist schon tot. – Dankeschön. – Wegen der Beerdigung und der letzten Ölung. – Ja, Sie können jederzeit kommen. Vielen Dank. Auf Wiederhören. *Er legt auf und setzt sich an den Tisch und schreibt.*

MARHA *zu Helga:* Die Geranien brauch ich für seinen Kopf, Helga.
Helga ab.
Die Geranien für seinen – – – *sie weint und umarmt Sorm.* Sorm, ich – –

SORM *unterbricht:* Ja, ja. – Ist gut. Gleich. Ich hab jetzt keine Zeit. *Er schiebt sie weg.*

ARZT *zu Marha, die Geranientöpfe aufstellt:* Der arme Otto. Und so schnell sterben müssen. Ich habs immer behauptet: das Herz. Man siehts ihm direkt noch an: Er hat keine Luft bekommen. Einwandfrei. Und da hat ihn der Schlag getroffen. – Vorgestern hab ich ihn noch gesehen. Und gelacht hat er. Bis zum Schluß hat er praktisch gelacht. Ein schöner Tod. *Er schreibt einen Zettel aus.*

SORM *zu Marha:* Paß auf: Nach längerem schweren Leiden verschied –

MARHA Sorm, ich wär dir dankbar, wenn wir »längerem« weglassen. Ich will dir aber nichts dreinreden.

SORM Also nochmal: Nach schwerem Leiden verschied heute nacht plötzlich und gänzlich unerwartet unser geliebter Mann, Vater und Schwager Otto Laiper, Baugeschäftsinhaber. Datum. Die Hinterbliebenen.

MARHA Schreib: Die trauernden Hinterbliebenen.

SORM Also: Die trauernden Hinterbliebenen.

MARHA Gut.

ARZT Da ist der Totenschein. Ja, ja. Man hat Arbeit mit einem Toten. Es ist schad um den Otto.

MARHA Ja, es ist schad um meinen Mann.

SORM Den Schein in den Ordner, wo »Persönliches« draufsteht.

MARHA Helga! Tus in den Ordner mit »Persönlich«.

Helga tut es.

GLASP *tritt auf:* Der Sarg ist da!

Hinter ihm zwei Sargträger mit einem Sarg, ein Beerdigungsunternehmer, dahinter Veit, der ein Bild von Laiper aufstellen will. Alle schauen fasziniert den Sarg an.

Stellt ihn auf den Tisch.

MARHA Ein schöner Sarg.

SORM Ein sehr schöner Sarg.

VEIT Ja.

MARHA Für den Preis: Ein herrlicher Sarg.

BEERDIGUNGSUNTERNEHMER *übergibt Sorm ein Couvert:* Das Zahlungsziel ist 4 Wochen ohne Abzug. Bei Zahlung in einer Woche gewähren wir 3% Skonto. Nochmals herzliches Beileid und auf Wiedersehen. Sollten Sie in nächster Zeit wieder einen Todesfall haben, wir haben jederzeit preiswerte Sonderangebote. Auf Wiedersehen.

MARHA Auf Wiedersehen. Helga, bring den Herrn hinaus und laß die Tür auf, daß die Leut reinkönnen. Und mach was zu essen.

Helga mit dem Beerdigungsunternehmer ab. Kurze Zeit danach tritt die Wirtin auf, die tränenüberströmt zum Sarg stürzt.

WIRTIN *heult:* Der arme Otto. Und gleich sterben. Und ich hab das so spät erfahren. Nein, warum hat er sterben müssen. Warum!

MARHA *weint auch:* Wirtin, da ist er nicht drin.

WIRTIN *hört sofort zu heulen auf:* Ja, wo ist er denn, der Otto?

Marha zeigt auf den aufgebahrten Laiper, die Wirtin geht hin und weint heftig weiter.

Der arme Otto. Nein. Und gestern hat er noch gelebt. Und heut ist er tot. – Nein!

Sieglinde tritt auf. Marha stürzt auf sie zu.

MARHA *zu Sieglinde:* Ich hab nie verstanden, warum der Otto so gegen dich war, Sieglinde. Ich hab immer wieder und wieder gesagt, ihr müßt miteinander leben, ihr zwei. Wollen wir uns vertragen. Und uns, was war, nicht übelnehmen.

SIEGLINDE Ja.

MARHA Jetzt hab ich nichts mehr. *Sie fällt Sorm um den Hals.* Du bleibst mir als Einziger. Als Einziger.

GLASP *demonstrativ:* Die Helga hat nebenan etwas zum Essen gerichtet.

SORM *wehrt Marha ab:* Ich hab keine Zeit für sowas, Mutter. Jetzt. Laß das. Nimm dich zusammen.

MARHA Ja, gehn wir essen.

WIRTIN *zu Marha:* Habt ihr euch schon überlegt, wo ihr den Leichenschmaus macht?

MARHA Noch nicht. Aber wahrscheinlich bei dir.

WIRTIN *dezent:* Ich kann das. Ich hab Erfahrung drin. Ich wollt nur sagen, daß ich mich drauf einstellen würd, wenn ihrs bei mir machen wollt. Aber das können wir noch besprechen. *Sie weint.* Der arme Otto.

SORM *leise zu Sieglinde:* Morgen ist die Geschäftsübergabe. Das ist sicher. Wir haben alles veranlaßt. Der Glasp soll mein Teilhaber werden, laut Testament. Ich muß noch sehen, wie ich das abwend.

MARHA Sieglinde, komm iß was mit uns.

Marha, gestützt auf Sieglinde, Wirtin, Arzt, Veit, Helga ab ins Nebenzimmer. Sorm steht vor der Leiche des alten Laiper und sieht sie an. Glasp kommt nach vorne.

SORM *sieht Glasp:* Jetzt ist unser Vater tot, Glasp.

Glasp schweigt.

Im Testament steht, du bist mein Teilhaber.

Glasp schweigt.

Dann wirds wohl nichts mit einem Studium. Ich hätt einen Vorschlag: Wenn du mir deinen Anteil überläßt, bekommst du von mir eine Abfindung, du –

GLASP Sorm – ich weiß im Moment nicht, was werden soll mit mir. Das wächst mir alles über den Kopf. So plötzlich. Jetzt werd ich reich, auf einmal. Und die Einberufung hab ich auch. Ins Geschäft will ich nicht einsteigen, das ist nichts für mich. Ich glaub, ich geh erst einmal zur Bundeswehr. Dann kann ich immer noch studieren.

SORM Du könntest eine schöne Abfindung haben.

GLASP Ich will jetzt nichts entscheiden, Sorm. Ich kann jetzt nichts entscheiden. Das Geschäft wirft Gewinn ab. Da könnt ich schön studieren, nach der Bundeswehr.

SORM Du willst schmarotzen von dem, was ich mir erarbeit. Das ist das gleiche, wie mit Vater!

GLASP Versteh mich bitte nicht falsch, Sorm. Ich will dir nichts dreinreden. Du kannst machen, was du willst. Ich hab auch nichts gegen eine Firma Laiper-Grötzinger. Ich will nichts mit dem Geschäft zu tun haben. Das könnt der Onkel Veit für mich machen alles. Der ist interessiert am Geschäft. Aber ich kann jetzt nichts entscheiden. Ich bin der Teilhaber und bleibs, bis ich mir klar bin über alles.

SORM Du willst von meiner Arbeit leben.

GLASP Ich will nicht von deiner Arbeit leben, Sorm, versteh mich doch nicht falsch. Aber die Hälfte vom Geschäft gehört mir.

Fünfzehnte Szene *Wirtshausstube gutbürgerlich*

Szene wie 7. Bild. Die Tische sind zu einer langen Tafel zusammengerückt, darauf dampfende Schüsseln. Immi und Emmi laufen hin und her. Die Wirtin beaufsichtigt das Ganze. Pfanzelt tritt auf.

PFANZELT Sie kommen gleich. Ich hab bei der Beerdigung kurz mit dem Sorm gesprochen. Du kriegst die Kantine. Ich hab ihm auch gesagt, daß du die Wirtschaft hier weiterführen willst. Er meint, du mußt selber wissen, wieviel du leisten kannst. Das stellt sich jetzt schon raus: der Grötzinger kann zwar die kleinen innerbetrieblichen Angelegenheiten regeln. Die großen geschäftlichen Sachen entscheidet der Sorm. Wir müssen uns an den Sorm halten. – Den Vertrag mit der Kantine mußt du schnell machen.

Härtl tritt auf und stellt sich wütend an die Theke.

HÄRTL *zur Wirtin:* Ein Bier!

WIRTIN Was hast du denn?

HÄRTL Die haben mich vielleicht beschissen!

PFANZELT *kommt ran:* Was ist denn?

HÄRTL Der Sorm hat mich vielleicht beschissen. Er hat mir versprochen, daß ich Prokurist werd, wenn ich die beiden Gesch –

PFANZELT Das werd ich, Härtl.

HÄRTL Was? Du? Das sind Säue! Mir hats der Sorm auch versprochen. Und weißt du, wers wird? Der dritte Mann im Betrieb wird der Veit.

PFANZELT Ich war bei vielen Besprechungen dabei in letzter

Zeit, und sie haben gesagt, ich wär unentbehrlich. – Ich kündige.

HÄRTL Was ich gearbeitet hab für den Betrieb! Gearbeitet! Und das ist der Dank. »Der Veit ist jetzt Stadtverordneter, das ist besser für unseren Betrieb, wenn wir die Beziehungen zur Stadt haben. Und der Veit ist stärker, wenn er den Betrieb hinter sich hat.« Das war alles. »Du bekommst einen anderen schönen Posten, Härtl.« Natürlich werd ich einen schöneren Posten kriegen. Aber nicht den, den ich haben wollt. Und der mir versprochen worden ist.

PFANZELT Das ist charakterlos vom Grötzinger. Ich kündige. Sofort.

HÄRTL Das würd ich nicht machen. Aufsteigen werden wir schon. Einen Einfluß werden wir nicht bekommen. Wo willst du denn hin, wenn du kündigst? Ich hab mir das auch überlegt. Der Schratzenstaller geht wahrscheinlich ein, wenn jetzt dieser Mammutbetrieb kommt. Und dann gibts nur mehr ein Geschäft. Die können mit uns machen, was sie wollen, weil sie uns in der Hand haben. Wenn wir Vorteil haben wollen, dann müssen wir tun, was sie wollen. Mehr ist im Moment nicht drin. Und mehr wirds auch nicht. – Noch ein Bier. *Er bekommt es.* Am besten, du sagst nichts drüber und schluckst.

VEIT *tritt auf:* Grüß Gott, wie gehts?

PFANZELT *da Härtl schweigt:* Gut.

Auftritt Marha von Grötzinger gestützt, Sorm und Sieglinde, Glasp, Arzt, Pfarrer und ein Photograph.

WIRTIN Legts ab und setzt euch.

Alle ziehen die Mäntel aus und setzen sich. Der Pfarrer betet stumm. Stille. Danach fangen alle an stillschweigend zu fressen.

MARHA *steht nach einer Weile auf:* Ich dank euch allen, als Oberhaupt der Familie, von Herzen, daß ihr mir geholfen habt, daß mein Mann unter die Erd kommt.

Sie putzt sich die Nase. Der Photograph will photographieren. Nicht! Wenn ich mich schneuz! *Sie hat sich die Nase geputzt und wirft sich in Positur.* Jetzt!

Der Photograph photographiert.

Ja. – Also, ich war lang verheiratet mit meinem Mann. Er fehlt mir. Aber ich sag immer wieder: Alle müssen sterben. Das Leben geht weiter. Ich hab dem Sorm das Geschäft übergeben, der Glasp hat ihm volle Handlungsfreiheit zugesichert. Ab jetzt ist also der Sorm der Chef. Bis eine neue Regelung kommt.

Ich kann wohnen bleiben, beim jungen Paar und krieg mein Essen. Mehr brauch ich nicht. Der Sorm machts schon richtig. An den kann ich mich halten und auf den kann ich mich verlassen. Ich bin stolz auf ihn, und ich kann stolz auf ihn sein. *Sie schweigt.* Mein anderer Sohn, der Glasp, hat seine Einberufung bekommen und geht zur Bundeswehr. Er tuts nicht gern. Es ist ein Muß. Aber Pflicht ist Pflicht. Er wirds schon schaffen. *Sie schweigt.* Also, wie gesagt: Ich dank euch nochmal allen von ganzem Herzen für eure Hilfe. *Sie setzt sich. Applaus. Zur Wirtin:* Wirtin, ich seh, der Herr Pfarrer hat keine Soße.

WIRTIN Gleich.

Emmi bringt dem Pfarrer Soße. Schweigen.

ARZT *hat fertig gegessen:* So. Noch einen Knödel, dann muß ich gehen. *Er schlingt in wahnsinniger Schnelligkeit den Knödel hinunter.* Ich hab noch eine Entbindung. Tja. Der ist gestorben, und dort kommt eins auf die Welt. – Er war ein feiner Kerl. Ein Freund. Ich habs ihm immer gesagt, daß er stirbt. Aber er hat nicht auf mich gehört. Ich habs – kann ich die Soße haben – vorausgesehen.

Die Wirtin gibt ihm die Soße.

Danke. So. *Er schlingt schnell den letzten Rest des Knödels hinunter und steht auf.* Ich muß gehen, komm gleich wieder. Wenn ich fertig bin. *Er geht sehr schnell ab.*

WIRTIN *zu Immi:* Das ist ein guter Arzt. Der hat dem Laiper immer gesagt, daß er stirbt. Wenn mir was fehlt, geh ich zu dem.

MARHA *nach einer langen Pause zum Pfarrer:* Der Sorm läßt das Haus umbauen. Habt ihr das gewußt? Als Baugeschäftsinhaber kann er nicht mehr in einem unmodernen Haus wohnen, sagt er. Ich hab die Pläne gesehen. Toll! Außen muß es ja bleiben, wie es ist, wegen dem Denkmalschutz. Aber innen! Wird sehr schön.

Schweigen

GRÖTZINGER *steht auf:* Meine Damen und Herren! Sie alle wissen, daß ich mit dem armen verblichenen Toten nicht zum besten stand. Aus geschäftlichen Gründen. Trotz allem kann ich nicht umhin, den Hinterbliebenen meine tiefe Erschütterung mitzuteilen. Der Streit soll begraben sein, und die Toten soll man ruhen lassen. – Wie Sie wissen, heiraten meine Tochter und der Sorm. Darf ich Sie alle, meine Damen und Herren, zur Hochzeit einladen? Der Termin wird Ihnen noch

bekannt gegeben. – Nach der Inventur am Ende des Jahres wird vor einem Notar aus den zwei Betrieben einer gemacht. *Applaus.* Er heißt Gebrüder Laiper & Grötzinger.
Er hakt sich bei Sorm und Glasp unter. Photograph photographiert und geht ab. Sie setzen sich wieder.
Die Schwierigkeiten, in denen der Laiper-Betrieb in der letzten Zeit war, sind behoben. Er ist jetzt schuldenfrei. Der Zement und die Maschinen sind bezahlt. – Vorerst werden die kleineren Aufträge noch vom Sorm erledigt, bis der Betrieb nächstes Jahr umgestellt ist. Also sind beide Betriebe voll ausgelastet und leistungsfähig bis zum Zusammenschluß. Wir werden Rationalisierungsmaßnahmen durchführen und die Personalverschiebungen in den Posten werden manchem Vorteil bringen. – Für die Arbeiter des Laiper-Betriebes gibts ab sofort Weggeld. Die Winterzulage bezahlt der Sorm von Januar an rückwirkend. Die Fragen im einzelnen werden wir klären und stehen dazu zur Verfügung. *Er setzt sich. Applaus*

HÄRTL *leise zu Pfanzelt:* Damit hat er eine Lohnerhöhung abgefangen, die sind geschickt.
Sie essen weiter.

SIEGLINDE *zu Grötzinger:* Lad nicht mehr soviel Leut ein, wegen meinem Bauch.

GRÖTZINGER Ja.

MARHA Wirtin, die Knödel sind aus.

Sechzehnte Szene *Laipers Grab*

Glasp, in Bundeswehruniform, Veit, und Marha sitzen in der Nähe des Grabes auf einer Bank. Neben Marha steht ein Kinderwagen.

MARHA Den letzten Sonntag war ich auch da und hab Blumen gepflanzt. Dann setz ich mich immer her und denk nach. Da ists schattig und ruhig. Und so vergeht der Sonntagnachmittag. – Ists schön gemacht, das Grab?

GLASP Ja.

MARHA Seit der Vater gestorben ist, hat sich was getan bei uns. Mit unserm Geschäft gehts aufwärts, Glasp. Der Sorm ist gerade in Schweden. Ich seh ihn fast überhaupt nicht mehr. Morgen, wenn er wiederkommt, soll er dir den Betrieb zeigen. Mit dem Grötzinger arbeiten wir jetzt fest zusammen. Es geht aufwärts. Ist auch ein Betrieb jetzt. *Sie schweigt.* Du bist halt doch mein liebster Sohn, Glasp. Seit der Heirat hängt der Sorm nur mehr mit der Sieglinde rum. Die hat uns den Sorm gestohlen, Glasp. Ja. Ich komm nicht so gut aus mit ihr. Und er lebt fürs Geschäft. – *Sie schweigt.* Aber groß ist der Alfons schon, was? Ich bin jetzt Großmutter. Unserm Sorm wie aus dem Gesicht geschnitten.

GLASP Ja.

MARHA Ich bin froh, daß es dir gefällt in der Bundeswehr. Ich bin froh.

VEIT Da hat er ganz andere Ideale als heraußen. Schau ihn dir an! Ganz anders ist er geworden. Unsere Jugend ist nicht so schlecht. Die richtigen Ideale brauchen sie nur.

GLASP Es ist schon hart manchmal. Wenn ich fertig bin, studier ich jedenfalls. Aber es hat manches für sich. Die Kameradschaft erlebt man heraußen nicht. Die gibts nur in der Kaserne. Ohne Kameradschaft gings gar nicht. Und man lernt doch allerhand dazu. Wer weiß, wofürs gut ist, daß man ein Gewehr auseinandermontieren kann. Und in Staatsbürgerkunde lernt man auch Neues.

MARHA Du darfst nur nicht soviel lesen. Das ist für deine Augen nicht gut.

GLASP *lacht:* Die Zeit hab ich hinter mir. Ich treib jetzt vor allem Sport.

Siebzehnte Szene *Veranda hinter Laipers Haus*

Leuchtreklame: Gebrüder Laiper & Grötzinger. Sorm und Sieglinde in Badekleidung sitzen in modernen Liegestühlen und sonnen sich. Glasp in Bundeswehruniform raucht und liest ein Buch. Grötzinger sitzt an einem Tisch und sieht Baupläne durch. Marha strickt. Der Kinderwagen mit Alfons steht neben Marha. Veit sitzt am Tisch und löst Kreuzworträtsel.
Stille.

GRÖTZINGER *legt nach einer Pause die Pläne zusammen:* Wenn man nach den Plänen geht, wird das ein Geschäft. Das hab ich dir nicht zugetraut, Sorm. Du hast jetzt schon 15% Gewinn und diese Aussichten. Das ist sehr anständig.

MARHA Ja, das ist ein großes Vorhaben mit den Fertighäusern.

SORM Und es geht ohne Lizenz. Das war allerdings nur eine telefonische Auskunft.

GRÖTZINGER Immerhin.

Er steht auf und holt sich im Haus etwas zu trinken. Glasp legt sein Buch weg und öffnet seine Krawatte. Pause

GLASP Eine Freundin hab ich auch. Christine heißt sie.

MARHA So. *Nach einer langen Pause.* Schau! *Sie zeigt Sieglinde das Strampelhöschen, an dem sie strickt.*

SIEGLINDE *nach einem kurzen Blick:* Das kann man doch kaufen, Mutter, warum machst du dir soviel Arbeit.

MARHA *lächelt verlegen:* Nur so. Mir machts Freud. – Ich hab geglaubt, weil der Umbau vom Haus soviel gekostet hat, müssen wir sparen.

SIEGLINDE Die kriegt man doch billiger und schöner zu kaufen. Du mußt dir nicht soviel Arbeit machen. Erhol dich ein bißchen. An solchen Sachen müssen wir nicht sparen.

MARHA Ja.

Pause. Alfons schreit. Marha sucht den Schnuller, findet ihn nicht, geht ins Haus und kommt mit einem neuen zurück. Sie gibt ihn ihm. Alfons ist ruhig. Marha nimmt sich eine Illustrierte und liest.

VEIT Zwei, vier, sechs. Titel mit sechs Buchstaben fehlt mir.

Keine Antwort.

Letzter Buchstabe E, zweiter N.

Keine Antwort.

GRÖTZINGER *zu Sorm:* Unsere Büros müssen im Industriegelände draußen sein, Veit. Es nützt alles nichts.

VEIT Ja. Ich hab mirs auch überlegt. Müssen wir besprechen.

GLASP Anrede. Hätt sechs Buchstaben.

VEIT Ja.

MARHA *nach einer Pause:* Ihr habt heut alle zwei ein gutes Horoskop in der Zeitung, Sorm. Glück.

Münchner Freiheit

Neufassung Januar 1971

Personen

KATHARINA POSCHL-EDERER, *Brauereibesitzerin*
CHRISTOPH EDERER, *ihr Mann*
MANJA, *ihre Tochter*
IMMOBILIEN-MOND
LINDNER, *Beamter im Baureferat*
DR. REFF KROETZKER, *Architekt und Stadtverordneter*
OSSI BOCK
JACKIE RUHPOLDING
JESUS CHRISTUS
NESSA MEHL, *Schauspielerin*
ADALBERT BAUER, *Journalist*
LECHNER, *Untermieter bei Frau Bock*
FRAU BOCK
STUMME ROLLEN: *Claudia, Mädchen bei Ederer. Ederers Sekretärin. Karla, Bedienung bei Charly. Verwalbond. Damen vom Verein der Unternehmerinnen und andere Gäste beim Wohltätigkeitsfest. Bediente. Polizeibeamte. Ein Photograph. Demonstranten. Trauergäste. Ein Krematoriumsangestellter. Baron Rindt.*

ORT: *München*
ZEIT: *1969*

Erste Szene

Katharinas Büro in der Brauerei.
Im 8. Stockwerk. Große Fensterfront im Hintergrund. Im Vordergrund ein Tisch, auf dem das Modell des Sankt-Anna-Viertels aufgebaut ist. Kroetzker, Mond und Ederer sitzen voneinander entfernt auf Stühlen. Stille.

MOND Was tun?

KROETZKER Jedenfalls bin ich der Meinung, Ederer, man soll die Linken unten rauswerfen. Und nicht diskutieren. Das hier ist eine Brauerei und keine Universität.

EDERER Ich werde nicht räumen lassen.

KROETZKER Ihre Frau wird ja bald hier sein. *Pause.* Sie wird ganz schön wütend sein, wenn sie sieht, daß Ihre Brauerei besetzt ist.

EDERER Doktor Kroetzker, wie oft soll ich noch erklären, daß die Brauerei nicht besetzt ist. Das ist eine Übertreibung. Die Produktion läuft ungestört weiter. Es ist nur die Eingangshalle, und wen stört das.

KROETZKER Wir werden sehen, was Ihre Frau dazu sagt, Ederer.

MOND Was wollen denn die Schmutzfinken überhaupt.

KROETZKER Das möcht ich auch wissen.

EDERER Sie wollen diskutieren, Mond.

MOND Diskutieren? Sie pöbeln einen an, wenn man durch die Halle geht.

KROETZKER Was sollen wir tun, Mond. *Nach einer Pause.* Warten wir auf Frau Poschl-Ederer.

MOND *nach einer langen Pause:* Ich find die Linken lieb. Was wollen Sie denn ausrichten. Lächerlich. Man soll sie lassen. Ich sehe solche Menschen gar nicht. Ich sehe durch sie durch. Für mich sind sie nicht da.

KROETZKER Ederer, bestellen Sie die Polizei. Und raus mit dem Zeugs.

MOND Ich glaube auch, das ist das Vernünftigste, Ederer. Und macht am wenigsten Scherereien.

EDERER Nein.

Katharina tritt auf. Kroetzker und Mond küssen ihr die Hand.

KATHARINA Ich bin zu spät. Grüß Gott, meine Herren. Kilian. Doktor. Lindner ist noch nicht da?

KROETZKER Sie sehen hinreißend aus, gnädige Frau.

MOND Die Zeitungen haben recht: Du bist die bestangezogene Frau Bayerns.

KATHARINA Wenn man älter wird, muß man zu solchen Mitteln greifen, nicht wahr.

KROETZKER Ich bitte Sie.

KATHARINA Ich werde eine alte Frau, Doktor.

MOND Aber, aber.

KATHARINA Doch, doch. Vor allem fühl ich mein Alter, wenn ich so dynamische Kraft seh wie Sie, Reff: Jung und fähig, was Kilian? Die Partei kann froh sein, Sie zu haben, Doktor. Wann kommt die Polizei, Christoph?

EDERER Wer verlangt nach Polizei.

KATHARINA Ich.

EDERER Ich will keine Polizei, Kathi. Die jungen Leute wollen mit uns diskutieren. Und wir sollten das tun.

KROETZKER Wie?

EDERER Wir müssen Verständnis haben.

KATHARINA Verständnis? Für Hausfriedensbruch Verständnis?

EDERER Wenn wir mit ihnen reden, werden sie von selber gehen. Ich lasse nicht räumen.

KATHARINA Wie du meinst, Christoph. Wir werden sehen, was der Aufsichtsrat dazu sagt. Für Baron Rindt sind die Linken ein rotes Tuch.

Lindner tritt auf und schwenkt eine Zeitung.

LINDNER Gnädige Frau, da haben wir den Skandal: Poschl-Erbin packt aus. Riesige Bodenspekulationen in München. *Er zitiert aus der Zeitung.* – und so erfährt die Öffentlichkeit, daß Katharina Poschl-Ederer, die Hauptaktionärin der Poschlbrauerei AG große Teile des Sankt Anna Viertels aufgekauft haben soll. Tochter Manja: Boden wird gehandelt wie Gemüse. Und da: Hohe Beamte aus dem Baureferat spielen eine dunkle Rolle. Was geschieht mit dem Sankt Anna Viertel. Das Bankhaus Rindt, das mitbeteiligt sein soll, gab keinen Kommentar, ebenso war bisher von der Stadtverwaltung noch keine Stellungnahme zu erhalten. *Er gibt Katharina die Zeitung. Sie liest.* Der Stadtbaurat wird mit hineingezogen, und ich komme jetzt in Verlegenheit. Natürlich hat die Stadt Interesse an den hohen Steuereinnahmen, die das neue Projekt bringen würde. Aber kein Interesse hat die Stadt an diesem Skandal.

EDERER Meine Ideen für die Umgestaltung haben die historische

Entwicklung des Viertels berücksichtigt. Jetzt wird die Poschlbrauerei als Zerstörer des alten München hingestellt. Ich bin auch gegen den Entwurf Ihres Büros, Doktor Kroetzker. Ich kann nur warnen. Wenn keine Wohnungen gebaut werden, wird die Bevölkerung unruhig. Vorsicht. Vorsicht. Es handelt sich um reines Wohngebiet. Ihr Vorschlag taugt nichts. In manchen Punkten muß man die jungen Menschen geradezu unterstützen.

KROETZKER Die Entwicklung der Stadt in den 70iger Jahren muß in die richtigen Bahnen kommen –

EDERER *unterbricht:* Euer Projekt zerstört das alte München. Wenn es bekannt wird, werden sich die Leute wehren. Es wird Demonstrationen geben.

MOND Die Schmutzfinken demonstrieren nicht wegen dem alten München.

EDERER Macht mir das alte München nicht kaputt.

KROETZKER Ederer. Das alte München ist ein Slum.

MOND Die wollen Aufruhr stiften und unsere Ordnung zerstören.

EDERER Meine Herren, ich bin nicht bereit, für dieses Projekt von Doktor Kroetzker meinen Kopf hinzuhalten.

KROETZKER Es ist das Projekt Ihrer Frau. Mein Büro hat in ihrem Auftrag das Modell ausgearbeitet.

EDERER Ihr jungen Politiker wollt alle nur Geschäfte machen. Eine so hohe Bebauung ist in dieser Gegend gar nicht gestattet.

MOND Natürlich wird die Stadt vorher die Bauordnung ändern müssen.

KROETZKER Ein ganz normaler Vorgang. Im übrigen bin ich Stadtverordneter und kein Beamter und verbitte mir den Vorwurf der Geschäftemacherei. Ich entscheide nicht über Bebauungspläne. Ich mache Vorschläge.

KATHARINA *gibt Mond die Zeitung:* Man muß dementieren.

LINDNER Als Beamter steht für mich zuviel auf dem Spiel, Mond. Ich kann die Bebauungspläne jetzt noch nicht unterschreiben. Bei einem solchen Skandal. Es tut mir leid.

Das Telefon klingelt. Katharina hebt ab.

KATHARINA *ins Telefon:* Baron? --- Ja. Hab ich gelesen. --- Ja, es werden Namen genannt. Ich muß mich entschuldigen, daß Ihre Bank davon behelligt wird, Baron. --- Nein, Sie sollen nicht mit ausbaden müssen, was meine Tochter --- Nein. Mein Mann läßt nicht räumen. --- Ja. Aber er hat das

Hausrecht. – – – Natürlich sind Sie mir entgegengekommen mit dem Kredit. Ich hoffe, ich kann mich revanchieren – – –

MOND Lindner. Wir machens wie immer. Die Brauerei überweist etwas für eine Hilfsorganisation auf Ihr Sonderkonto und der Fall ist gelaufen.

KROETZKER Eben.

LINDNER Reff, ich bekomm Schwierigkeiten.

MOND Bis jetzt ist nie was passiert.

KATHARINA *ins Telefon:* Es ist geradezu obszön, was das Kind über mich sagt, ja. – – – Eben. Manja ist prominent genug, um weitere Skandale zu verursachen. Das Kind hat keine Ahnung, und das wissen die Linken zu nutzen. – – – Natürlich werde ich das unterbinden. Ja. Wir kontakten uns. – – – Ja. Auf baldiges – – – Wiederhören, es hat mich . . . Ja, also dann, Baron. Guten Tag. – – – Guten Tag. Grüß Gott. *Sie legt auf. Zu Ederer.* Der Baron ist sauer. Er hat völlig recht. Du mußt räumen lassen.

EDERER Das werde ich nicht tun.

KATHARINA Gut. Wir werden sehen. – Meine Herren, zu den Geschäften.

EDERER Ich werde mit den jungen Leute reden.

Keine Antwort.

KATHARINA *zu den andern:* Fangen wir an.

Ederer geht ab.

KROETZKER Die Pläne Ihres Mannes waren optisch reizvoll, doch wer läßt sich auf so minimalen Gewinn ein. Hier das neue Modell. Wir denken an acht große Abschnitte. Es werden insgesamt Arbeitsbüros möglich sein für 40 000 Menschen. Das Kommunikationszentrum – die Kugel in der Mitte – wird natürlich auch Restaurants oder Kantinen, wie mans nennen will, haben, wo die Mittagessenfrage der Angestellten zu lösen ist. Darum gruppiert sich in dieser Weise Gewerberaum. Arbeitsraum.

MOND Ich finde die Lösung städtebaulich fortschrittlich. Neue Formen. Kargheit des Betons. Hat Zukunft. Ohne Frage.

KROETZKER Zwei Parzellen á 5000 Menschen hat die Poschlbrauerei AG –

MOND *unterbricht:* Und den Grund und Boden dieser drei Teile hab ich bereits zu 45% in der Tasche. Mit einer großen stillen Beteiligung von Baron Rindt.

KATHARINA Schauen wirs uns doch vom Fenster an.

Sie gehen zum Fenster. Kroetzker zeigt.

KROETZKER Von der Isar zum Altstadtring tun wir alles weg. Das ist alter Schutt. Da tun wir die Versicherungshochhäuser hin. Die beiden Ellipsen auf dem Modell.

MOND Ja. *Nach einer Pause.* Der Straßenzug dahinten könnte theoretisch stehenbleiben.

KROETZKER Wozu das Bild verpatzen, Mond. Es muß doch Platz sein und ein Kommunikationszentrum. Schaun Sie sich das Modell an. Da kommt die Wirklichkeit nicht mehr mit.

MOND Das stimmt. *Pause.* Am besten ist, man reißt alles weg im Zuge der Sanierung.

KATHARINA Ein sehr schönes Modell. Besonders schön. *Pause.*
Ich seh Kastanien zwischen den Palästen stehn – – –.
Es ist doch sexy in der Nähe der Nationaloper zu arbeiten.

MOND Aus der Vogelperspektive sieht unsere Münchner Stadt ganz anders aus. Viel handlicher. Unser München.

Szenenwechsel.

Zweite Szene

St. Anna Str. 6 bei Bock.
Manja, Jackie Ruhpolding und Ossi Bock liegen im Bett. Jackie und Ossi schlafen. Manja raucht und trinkt Bier.

MANJA Mit dir red ich kein Wort mehr, Jackie Ruhpolding. Du kriegst von mir noch eine solche gelatscht, daß dirs Gebiß wackelt.

JACKIE Halts Maul und laß mich schlafen.

MANJA Glaub bloß nicht, daß ich einen Geldscheißer hab, nur weil ich 51% der Brauerei erb. Meine Mutter hat mir schon beigebracht, wie man den Pfennig ehrt. Ich hab Zucht genossen.

JACKIE Du schickst doch jede Rechnung an die Brauerei.

MANAJ Na und. Du hast keine Ahnung. Red doch nicht. *Sie raucht. Pause.* Ich will nicht so leben wie meine Eltern. Ich will da raus. Auf mir hat sich immer alles abgespielt. Beide nehmen mir übel, daß jede Scheidung schließlich an mir gescheitert ist.

Im Internat, mein ganzes Leben wurde mir der Wert des Geldes eingebläut. Das müßt ihr euch mal vorstellen. Ich bin ein einziger Krampf. Hab keine Freunde. Und von sexueller Freiheit war natürlich auch keine Rede. Bei dem Erbe. Irgendwann schielen alle drauf. Ich sehs doch an euch. *Sie raucht. Längere Zeit Pause.*

JACKIE Ein paar Scheine von deinem Erbe würd uns alle rausreißen. Schon mal was von Solidarität gehört?

MANJA Ich hab dir schon gesagt, daß ich nicht viel Geld habe. Ich bekomm nur Taschengeld, seit ich von zuhause abgehauen bin.

JACKIE Und Benzingeld und Kleidergeld. Solange du uns allen keine Wohnung finanzierst, bist du in meinen Augen kein Mensch.

MANJA Ich soll mir immer alles kaufen. Jeden Kontakt.

JACKIE Dann mach das doch und laß uns schlafen.

Jackie schläft wieder ein. Manja raucht.

MANJA *rüttelt an Ossi:* Ossi! *Keine Reaktion.* Ossi! – – – Oskar!

Ossi wacht auf.

Hab ich dich aufgeweckt? Entschuldige. Ich kann nicht schlafen.

OSSI Schluck was.

MANJA Schluck was! *Pause. Sie rüttelt weiter an Ossi.* Ossi! Du schläfst jetzt nicht, das schwör ich dir. Ich will wissen, wie das weitergehen soll. *Keine Antwort.* Jedesmal! Jedesmal, immer wenn wir reden könnten, kommt Jackie Ruhpolding mit ins Bett. Ich laß mir das nämlich nicht mehr gefallen.

OSSI Du kannst doch die Genossin nicht auf den Bahnhof schicken. *Schläft wieder ein.*

JACKIE Ich muß sehen, jede Nacht, wo ich kampieren kann. Und überall taucht so ein Drache auf wie du und macht mich fertig. Ich muß meine Seminararbeit abgeben. Wie soll ich das machen. Ohne Zimmer.

MANJA Kümmer du dich nicht um meine Sachen. Oder es passiert was. Ich möcht wissen, warum ich überhaupt da bin, Ossi. Wenn die auch immer da ist. Wenn ich euer Glück stör, braucht ihrs – – –

JACKIE *unterbricht:* Ich schenk ihn dir. Ich nehm dir deinen Ossi nicht weg. Ich will schlafen.

MANJA *rüttelt Ossi wach:* Weißt du, Ossi, nachdem unsere Beziehung den großen Schmelz verliert, wird mir immer klarer, daß es für uns besser wär, wenn wir zu meinen Eltern nach Grünwald rausziehen würden. So ist das doch nichts.

OSSI Wo einem die Dienstboten am lebendigen Leib die Schuhe putzen, zieh ich nicht ein. Hör auf und schlaf. Und red nicht so laut.

MANJA Ich red normal.

OSSI Mietshäuser sind nämlich anders gebaut wie eure Scheißvilla in Grünwald.

MANJA Dauernd Streit. Ich kann nicht so eng leben –

OSSI *unterbricht sie:* Andere könnens auch. Reg dich ab.

MANJA Wie das jetzt ist, halt ichs nicht aus. Verstehst du das nicht.

OSSI Nein.

MANJA *schreit laut und schrill und trommelt auf Ossi ein:* Ossi!

Jackie wacht wieder auf.

OSSI Spinnst du! Mitten in der Nacht!

MANJA Ich will mit dir reden.

OSSI Das ganze Haus wacht auf.

Die Tür geht auf. Das Licht geht an. Ossis Mutter steht in der Tür.

FRAU BOCK Die ganze Nacht wird geredet, das wird mir jetzt zuviel. Zu dritt in einem Bett! Gruppensex in meiner Wohnung! Und schreien mitten in der Nacht! Oskar! Nichts als Schwierigkeiten machst du. Seit neuestem werd ich schon beim Einkaufen angesprochen, ob du zu den Roten gehörst. Warum hast du da mitgemacht!

OSSI Damit alle wissen, daß die Poschlbrauerei auch zu den Firmen gehört, die unseren Stadtteil hier systematisch aufkaufen. Damit die Bevölkerung sieht, was los ist.

FRAU BOCK Das sehen wir so auch. Man weiß doch, wies gemacht wird. Aber wenn sich das hier rumspricht, braucht sich bloß jemand beschweren, und ich hab die Kündigung. Doch das interessiert meinen Herrn Sohn nicht. Die Miete haben sie mir letzte Woche raufgesetzt, und helfen tut mir niemand.

OSSI Da muß man was tun.

FRAU BOCK Was hilft denn das. Zum Beispiel auf 25: Alle sind rausgeschmissen worden, und da tut der neue Besitzer Gastarbeiter rein. Die bringen nämlich die siebenfache Miete. Und die werden auch wieder rausgeschmissen. Und nach der Sanierung wirds noch teuerer.

MANJA Nein. Das Viertel wird abgerissen.

FRAU BOCK Wieso abgerissen. Saniert wirds.

MANJA Im Zuge der Sanierung abgerissen.

FRAU BOCK Das wär in der Zeitung gestanden. Ich glaub doch euch nichts.

OSSI Ihr müßt euch solidarisch verhalten, Mamma.

FRAU BOCK Solidarisch! Solidarisch! Ich geb dir gleich solidarisch. Du fliegst auch raus. Das kann ich mir nämlich nicht leisten, daß ich rausflieg. Wegen dir und deinen Aktionen. Ab nächsten ersten vermiet ich dein Zimmer auch. Und die Damen gehen jetzt sofort.

JACKIE Ich hab kein Zimmer. Frau Bock. Mir ist auch gekündigt worden.

FRAU BOCK Das soll wer glauben.

JACKIE Da! *Sie langt aus ihrer Hose einen Brief.*

FRAU BOCK *liest:* Sehr geehrtes Fräulein Ruhpolding. Ich möchte Ihnen mitteilen, daß ihre objektiv gesehene Privatangelegenheit nicht ihre Privatangelegenheit ist. Mein Mann und ich sind beide katholisch erzogen und nicht gewillt, Übernachtungen beiderlei Geschlechts zu dulden. Außerdem war schon zweimal die Polizei da bei ihnen. Mit sowas haben wir nichts, aber auch gar nichts zu tun. Wir kündigen Ihnen fristlos wegen den Übernachtungen von vielen Menschen. Morgen sind Sie draußen. Ferner hab ich Sie zum Fensterputzen aufgefordert. Daß zum Fenster auch das Fensterblech gehört, ist selbstverständlich. Bei Ihnen leider nicht. Schauen Sie sich das Fensterblech an. Ich hab das Recht auf meiner Seite. Hochachtungsvoll Herr und Frau Gwinzinger.

JACKIE 250 Mark Miete. Alles unglaublich.

FRAU BOCK Rausgeflogen. Und der Kündigungsgrund: Gruppensex. Und deswegen verlier ich auch noch meine Wohnung. So. Raus! Alle raus! Ab morgen vermiet ich, wenn ich gelüftet hab.

Szenenwechsel

Dritte Szene

Leberkäsfrühstück in Ederers Haus.
Ossi Bock, Manja, Jesus Christus und Jackie Ruhpolding haben eine Auseinandersetzung mit Katharina und Ederer. Ossi ißt gerade das restliche Pfund Leberkäs. Zwei Welten.

EDERER Als ich in Ihrem Alter war, war ich auch jung, jung und rebellisch und hab nichts ausgelassen, aber lassen wir das. Ich weiß, daß ein Staat ohne unruhige Jugend nicht auskommt, nicht wahr. Die revoltierenden Studenten sind sozusagen das Salz der Politik. Erfreulicherweise finden wir heute beim jungen Menschen staatsbürgerliches Bewußtsein. Nun: Theorie und Praxis stimmen tatsächlich nicht immer überein, Sie haben recht, das alte sozusagen Urübel der Menschheit. Damit sich die Kluft zwischen den Generationen nicht noch mehr vertieft – denn ich halte diese Jugend für hoffnungsvoll ––

JESUS *unterbricht:* Richtig!

EDERER –– deshalb hab ich nichts unternommen gegen die Aktion in der Brauerei. Aber ihr kommt jetzt jeden Tag. Man hat euch den kleinen Finger gegeben und ihr nehmt die ganze Hand.

JESUS Jawohl!

EDERER *weise:* Ich lasse mich nicht provozieren. Ich versteh euch. Ich billige, was ihr macht. *Pause.* Aber ihr sprecht von Revolution. Wenn die Wahrheit fällt, stürzt sie auf den Schwächeren.

JESUS Auf wen denn sonst.

EDERER Revolution! Jede soziale Veränderung geht mit dem Tod Hand in Hand, jede Revolution mit Armut und Verbrechen, das lehrt die Geschichte. Das Leben ist grausam in seinen Gesetzmäßigkeiten. Und den Tod – ich bitte Sie inständig – den Tod wollen wir doch gemeinsam vermeiden. Gut.

JESUS Die Brauerei bleibt von den Genossen besetzt. Holen Sie doch die Polizei.

EDERER Das werde ich nicht tun.

KATHARINA Nun, Christoph, wie du meinst. Die Vorwürfe, die mich betreffen, sind lächerlich. Es ist überall dasselbe, und München ist kein Sonderfall. *Zu Ossi.* Noch etwas Leberkäs?

OSSI *mit vollem Mund:* Was hab ich dir gesagt, Manja, man kann mit denen nicht diskutieren.

EDERER Meine Frau fragte, ob Sie noch Leberkäs wollen. *Keine Antwort.* Sehen Sie, junger Mann, das wiederum haben wir auszusetzen: Meine Frau hat gefragt und Sie antworten nicht einmal.

OSSI Sehen Sie nicht, daß ich den Mund voll hab? Sehen Sie das nicht?

EDERER *nach einer Pause:* Grundsätzlich bin ich doch mit Ihnen einig. Wir wollen das Thema wechseln.

MANJA Wieso? Es ist nichts besprochen.

KATHARINA Wir wollten das Thema wechseln. *Zu Ossi.* Jetzt noch etwas Leberkäs?

Ossi läßt sich nachgeben.

Wir hatten dich alleine eingeladen, Manja. Hast du Angst vor uns? Brauchst du eine Rückendeckung? Ich verstehe nicht, daß du dich nicht entblödest, du als Alleinerbin einer der ältesten Brauereien von Bayern, dich in den Zeitungen als geläuterte Kapitalistin feiern zu lassen. Du machst dich lächerlich. Merkst du das nicht? Merkst du nicht, daß du dich lächerlich machst? Aber das ist deine Sache. Ich hab nichts dagegen, daß du hier ausgezogen bist. Geschenkt. Du sollst das kennenlernen. Aber es ist mir nicht zuzumuten, daß ich das auch noch finanziere. Ich hab dich weltoffen erziehen lassen, daß heißt aber nicht, daß ich billige, daß du bei jeder Cafehausrevolte mittobst: Auf unserem Rücken. Denn darauf läufts hinaus. Wir planen, wir haben die Verantwortung und werden diffamiert.

JACKIE Die Verantwortung sieht so aus, daß die Bevölkerung aus einem Stadtteil vertrieben wird, und die Planung, daß ihr noch mehr Geld aus euerem Besitz herausschlagen wollt. Viele Leute können nicht mehr das Geld für die Miete aufbringen. Und werden in Stadtrandgebiete abgeschoben, die noch trostloser sind als die Innenstadt. Dieses System, das gestattet, daß die Ausbeuterclique des Sankt Anna Viertels auf dem Rücken der Ausgebeuteten immer reicher wird, muß bekämpft werden.

KATHARINA Wo gibts denn bei uns Ausgebeutete.

JACKIE Die Innenstadt wird entvölkert. Die Trabantenstädte haben miserable Verbindungen zum Zentrum. Innen ein Ghetto, in dem gearbeitet wird, draußen ein Ghetto, in dem geschlafen wird. Und zwischen den beiden Ghettos ein Verkehr, in dem der Arbeitnehmer zwei Stunden am Tag an den Abgasen erstickt.

KATHARINA Wir ersticken auch.

JACKIE Eure Stadtplanung ist ein Mordanschlag auf die Bevölkerung.

KATHARINA Die Bevölkerung lebt noch.

JACKIE Die Arbeitnehmer habe keine Zeit, sich Gedanken zur Stadtplanung zu machen. Sie sind ihr Opfer. Wir verlangen eine Veränderung des Sankt-Anna-Projekts nach den Bedürfnissen der Bevölkerung, oder wir werfen ein paar Bomben in Ihre verschissene Brauerei.

KATHARINA Da werden sich meine Bierbrauer herzlich bedanken, mein liebes Kind. – Hör zu, Manja: Machst du weiterhin Schlagzeilen, werde ich den Dauerauftrag sperren. Dann kannst du dein Studium selber finanzieren.

JACKIE Das sind doch faule Witze.

JESUS Sie sind verpflichtet, das Studium zu finanzieren.

KATHARINA Warum hast du das angezettelt, Manja? Glaubst du, daß diese Leute deine persönlichen Schwierigkeiten lösen? Bist du tatsächlich so naiv? Was bezweckst du mit deinen Aktionen. Man weiß, daß die Linken nur kommen, wenn man sie bestellt. Warum hast du sie bestellt?

OSSI *hat fertiggegessen und steckt noch Obst ein:* So, wir gehen. Man kann hier nicht diskutieren. Das sind alte Leute, Manja, komm. Der Leberkäs war ausgezeichnet. Mild, wie vom Land. Vielen Dank. Komm, Manja, mit solchen Eltern mußt du dich schämen.

KATHARINA Ihr seid beide rührend. Wir werden sehen, wie du zurechtkommst, Manja.

MANJA Das werden wir auch sehen. Und auf dein Verständnis ist auch geschissen, Papa. Wir machen eine Kommune. Ich brauch euch nicht.

KATHARINA Hoffentlich. Wir werden sehen, wie du zurechtkommst.

MANJA Das werden wir auch sehen.

Die Linken gehen ab. Katharina und Ederer sitzen schweigend. Sie klingelt. Das Mädchen kommt.

KATHARINA Meinen Pelz. *Das Mädchen geht ab.*

EDERER *nach einer Pause:* Mir sind die Gehirne dieser jungen Menschen ein Rätsel. Man sitzt ihnen gegenüber und kann nicht mit ihnen reden. Es geht nicht.

KATHARINA Du darfst sie nicht unterschätzen, Chris. – Ich versteh dich nicht: Manja macht mit dir, was sie will.

EDERER Ich laß es nicht zu, daß sozusagen die Familie zerbricht.

KATHARINA Denn das ist das Wichtigste, wie, am Sonntag mit Frau und Kind ins Grüne fahren.

EDERER Bin ich schuld, daß wir uns kaum mehr sehen?

Katharina zieht den Pelz an, den das Mädchen gebracht hat.

KATHARINA Lassen Sie den Wagen vorfahren.

Das Mädchen geht ab.

Ich gehe ins Büro – Christoph, ich bin mit deinem Papier an den Belgier nicht einverstanden. Die Gespräche in der EWG stocken nur, wer sagt, sie scheitern. Die Zeit ist reif. Ich erinnere: Man hat schon investiert. Vorwiegend der Franzose. Dein Papier ist richtig, wenn man vom Scheitern der Verhandlungen ausgeht. Wer geht vom Scheitern aus, ich bitte dich.

EDERER Ich bin nicht gegen den Europamarkt per se, ich bin ausgehend von der europäischen Situation für schrittweises Vorgehen, das koordiniert – – –

KATHARINA *unterbricht:* Wir müssen entschlossen vorgehen. Der Europamarkt muß her, auch wenn du dagegen bist. Wie wollen wir mit den Streiks fertigwerden. Da macht auch der Italiener mit, wenn wir fusionieren.

EDERER Wir sind uns einig, was die goße Linie – – –

KATHARINA *unterbricht und geht auf und ab:* Und mein Ausgangspunkt ist günstig, gemessen an den Partnern. Das Olympiageschäft steht vor der Tür. Ein Jahrhundertgeschäft. Die Reklameflächen in den Stadien hab ich in der Tasche. Wir haben damit die Chance, daß der Poschl-Olympia-Bock zur Europa-Marke der fusionierten Brauereien für den Weltmarkt wird. Der Belgier hat schon zugestimmt. Ich fusioniere, Chris, auch wenn du dagegen bist. Ich kann den Partnern außerdem ein Verwaltungsgebäude im Zentrum einer europäischen Metropole anbieten. Wer kann das schon. Wir können die Bedingungen diktieren. Wir haben alles. Alles, Christoph! Wir haben: Den Namen Poschl. Wir haben: München. Wir haben Olympia. Und wir sind Bayern: Kein Volk der Welt steht so für eine Ware. Und du unterstützt Kinder. Ich fürchte, du wirst in einigen Punkten umdenken müssen.

Sie küßt Ederer auf die Wange.

Auf Wiedersehen, Chris. Wir könnten gelegentlich wieder einmal zusammen essen?

EDERER Ja.

KATHARINA Ich wünsch dir einen schönen Tag. *Sie geht ab.*

Szenenwechsel.

Vierte Szene

St. Anna Str. 6 bei Bock.
Frau Bock, der Untermieter Lechner, Ossi und Jackie sitzen in der Küche. Sie haben gegessen. Frau Bock rechnet auf einem Zettel was aus.

FRAU BOCK 380 kostet die Wohung jetzt. Wenn ich alles zusammen abzieh von meinen Einnahmen, bleiben mir noch 150 Mark. 60 Mark brauch ich selber noch. Mehr hab ich dir nicht zu sagen. Ich hab dirs vorgerechnet. Mehr als 90 Mark kann ich dir zum Studium nicht dazuzahlen.

JACKIE *steht auf:* Ich muß gehen. – Ossi.

OSSI Ja. *Zu seiner Mutter:* Kannst du mir gleich was geben. Ich brauchs dringend.

FRAU BOCK Für was? Ich habs jetzt nicht. Der erste ist nächste Woche.

JACKIE Die Polizei sucht mich. Ich muß mir die Haare färben. Wir haben das Geld nicht.

FRAU BOCK Und ich soll das finanzieren. Wieso? Welche Polizei? Was hat das mit der Polizei zu tun?

OSSI Nimms von den 90 Mark.

FRAU BOCK Zweimal in der Woche kommst du um Geld.

JACKIE Bitte, Frau Bock.
Nach einer Überlegung gibt Frau Bock Jackie das Geld.
Danke. Tschüs. *Sie geht ab.*

LECHNER Das hätt ich nicht gemacht, Frau Bock.

OSSI Mischen Sie sich nicht ein, Herr Lechner.

FRAU BOCK Warum nicht?

LECHNER Weil Sie da was unterstützen, Frau Bock.

OSSI Das geht Sie nichts an.

FRAU BOCK Sei still, Oskar. Ich halt was vom Herrn Lechner. Drei Parteien sind nämlich bei uns schon rausgeflogen, weil das Haus –

LECHNER *unterbricht:* Man muß schon über Gastarbeitergesocks drübersteigen, wenn man in die Wohnung will.

FRAU BOCK Und wenn ich an den Herrn Lechner nicht dein Zimmer vermietet hätt, wär ich auch schon draußen. Der hilft mir nämlich. Und redet nicht daher von Solidarität.

LECHNER Das ganze Haus stinkt schon nach Orient.

FRAU BOCK Solidarität. In der Zeitung kann ichs lesen jeden Tag von eurer Solidarität. Werd schon nach dem Gammler und Kommunisten gefragt. Die Milchfrau gestern schon wieder: Wann ihr alles kaputtgemacht habt.

OSSI Lachhaft.

LECHNER Das teuere Bild in der Brauereihalle ist nicht kaputt? Nein?

OSSI Wen interessiert denn diese Scheißkunst. Euch vielleicht?

FRAU BOCK Alle Kunst wird kaputtgemacht. Alles wird kaputtgemacht.

LECHNER Wer hat denn da eine Brandbombe hineingeworfen genau unter das teure Bild? Also! Die Schickse, die sie gerad unterstützt haben mit ihrem Geld, Frau Bock.

FRAU BOCK Die? Nein.

OSSI Die Zeitungen schreiben nur, was wir machen und nicht warum.

FRAU BOCK Jetzt hab ich mich auch noch strafbar gemacht. Stimmt das Oskar, schmeißt die mit Bomben?

OSSI Natürlich hat Jackie das gemacht. Natürlich drehen wir euch Beamten noch einmal den Hals ab. Diese aufgeblähte Verwaltung sitzt und frißt und kapiert nichts. Und sowas hat mein Zimmer.

LECHNER Da haben wirs, Frau Bock: Es geht auch gegen die Beamten. Wie ichs ihnen gesagt hab.

OSSI *zu seiner Mutter:* Glaubst du, wir denken uns nichts bei diesen Aktionen.

FRAU BOCK Ach was. Euere Aktionen! Damit erreicht ihr doch nichts.

OSSI Über das St.-Anna-Viertel wird diskutiert.

FRAU BOCK Na und. Es wird weiter gekündigt.

OSSI Die Wahrheit ist, daß die Stadtplanung nicht die Interessen der Bevölkerung vertritt.

FRAU BOCK Ich hab keine Interessen. Schon gar nicht an deinen Aktionen.

OSSI Eben. *Aktiv:* Mensch, Mamma. Ein Betrieb ist auf der

Straße – alles ist unterwegs. Die Leute werden aktiv. Warum machst du da nicht mit? Wir bringen es noch durch, daß die Gegend hier ein Wohngebiet bleibt. Das geht dich doch was an. Nächste Woche machen wir eine große Bürgeraktion.

FRAU BOCK Und wen interessiert das?

Es klingelt. Sie geht hinaus und kommt mit Manja und Jesus Christus wieder herein. Manja umarmt sofort Ossi.

MANJA Ich hab eine Wohnung.

OSSI Klasse.

MANJA Stell dir vor. Jetzt haben wir unser eigenes Zimmer.

Ossi küßt sie.

Das ist doch klasse, oder?

OSSI Ja.

FRAU BOCK Was für eine Wohnung.

JESUS CHRISTUS Wir machen eine Kommune, Frau Bock, Manja haut dafür ihr Bankkonto auf den Kopf. *Gibt Lechner die Hand.* Gestatten – Jesus Christus.

LECHNER Lechner.

MANJA Für den Anfang wirds reichen. Ich bin jetzt sicher, daß ichs ohne meine Eltern schaff.

JESUS Die Wohnung ist wirklich schön. Und gar nicht so teuer. Manja hat eben unheimliche Verbindungen im Immobiliengeschäft.

FRAU BOCK Mit einer Brauerei im Rücken gehts eben besser. Natürlich habt ihr eine Wohnung. Ich krieg so schnell keine, wenn ich eine brauch. Wenn man sich mit reichen Leuten zusammentut, geht alles. Bei euch ists auch nicht anders. Alles andere ist Gerede.

OSSI Wenn alles falsch ist, was ich mach, kann ich ja gehen.

FRAU BOCK Du willst immer nur Geld von mir. Du gehst nicht.

LECHNER So Aktionen muß man doch organisieren, Herr Bock, oder?

OSSI Natürlich. Das machen wir.

LECHNER Wann studieren Sie eigentlich?

MANJA *krault Lechner den Kopf:* Die ganze Nacht, Herr Lechner.

FRAU BOCK Oskar!

Ossi hat nichts getan, er ist verblüfft.

Szenenwechsel.

Fünfte Szene

Ederers Büro in der Brauerei.
Sehr moderne Ausstattung. Sehr schön. Ederer sitzt am Schreibtisch und hat den Kopf in den Händen vergraben. Kroetzker geht auf und ab.

EDERER Der Aufsichtsrat bedrängt mich. Sie bedrängen mich. Alle Welt bedrängt mich: Ich soll meinen Posten zur Verfügung stellen, denn darauf läufts hinaus, keine Vorwände, Kroetzker. Wir wollen Fraktur reden. Ich bin euren Plänen unbequem, und der angebliche Skandal mit deiner Tochter ist ein Vorwand, um mich fertigzumachen. Man hört den jungen Leuten nicht zu – *Das Telefon klingelt. Er hebt ab.* Kein Kommentar. Nein, bin nicht zu sprechen. *Er legt auf.*

KROETZKER Ederer. Die Boulevardpresse hat die Sache aufgebauscht. Wir sind alle in Schwierigkeiten. Auch die Stadt. Die Stadt ist interessiert an dem neuen Projekt. Die großen Verwaltungen bringen der Stadt Steuern.

EDERER *nach einer langen Pause:* Ich will zwei Herren dienen, das ist mein Konflikt. Habe Feinde. Liberale Geisteshaltungen werden bekämpft. Von rechts. Von links. Und schaffen sich Feinde.

KROETZKER Das Sankt-Anna-Viertel wird unruhig. Die Bevölkerung beteiligt sich an der Bürgeraktion. Wir können die angekündigte Störung des Chirurgenkongresses nicht dulden. Und Angst haben vor weiteren Störungen. Wir haben einen Ruf als Kongreßstadt. Und Sie unterstützen diese Umtriebe, Ederer. Und lassen es zu, daß die Empfangshalle der Brauerei eine Zentrale der Linken wird. Denken Sie an die Aktionäre. Baron Rindt. Sie müssen endlich die Polizei holen. Ihre Frau hat mich gebeten, mit Ihnen zu reden.

EDERER Hier soll eine harte Welle geritten werden. Aber nicht, solange ich auf diesem Stuhl sitze. Noch steht es in meiner Macht, die Räumung zu verhindern. Ich bemühe mich, die jungen Leute zu verstehen. Wenn wir uns nicht vernünftig verhalten, werden wir die Kluft zur Jugend vertiefen, und dann haben wir das Chaos. Wir müssen im Interesse unserer Demokratie in diesem Fall über unseren eigenen sozusagen Schatten springen können. *Das Telefon klingelt. Er hebt ab.* Nein, keine

Gespräche. Wie? – Verbinden Sie – Ederer. – Ich verstehe auch nicht, Baron, das Blatt war mir gutgesinnt – Ich verbitte mir ihre Einmischung in meine Privatangelegenheiten – Ja. – Welchen Antrag?

KROETZKER Ihre Frau unterstützt den Antrag.

EDERER *zu Kroetzker:* Welchen Antrag? *Ins Telefon:* Ich bin noch da. Was verlangt der Aufsichtsrat?

KROETZKER Auch Ihre Frau.

EDERER *zu Kroetzker:* Wie? Ausgeschlossen, das glaub ich nicht. Katharina – *Ins Telefon:* Ich werde mich nicht beurlauben lassen. *Durch die Sprechanlage:* Ein Gespräch mit meiner Frau. *Wieder ins Telefon:* Ich bleibe. – Mein Verhalten falsch? Wieso geschäftsschädigend. Wir müssen Vernunft – *Durch die Sprechanlage.* Meine Herztropfen, schnell.

KROETZKER Auch Ihre Frau ist für Ihren Rücktritt.

EDERER *brüllt Kroetzker an:* Reden Sie nicht, Sie Karrierist. Ihnen liegt alles am Wohl Ihres Architekturbüros und nichts am Wohl der Stadt und sowas ist Stadtverordneter. *Schnappt nach Luft, ins Telefon.* – beurlauben, ja – ich bin zerstreut – jeder wird mal kritisiert, das ist kein Zeichen für – keine Unfähigkeit meinerseits – *Er bekommt keine Luft mehr.*

KROETZKER Ist was, Ederer?

EDERER Entschuldigen Sie, kommt nicht mehr vor, Kroetzker, bin sehr föhnfühlig, nicht wahr –

Er hat eine Herzattacke. Kroetzker hält Ederer. Die Sekretärin kommt mit den Tropfen.

KROETZKER Schnell!

Sie führen Ederer zum Sofa und legen ihn hin.

So. Geben Sie ihm die Tropfen. Und rufen Sie einen Arzt. Gehts besser, Ederer?

Ederer nickt.

Es ist besser, Sie lassen sich beurlauben, Ederer.

Katharina kommt.

KATHARINA Christoph! Deine Nerven. Deine Nerven halten das nicht mehr aus. Er ist ohnmächtig. *Zur Sekretärin:* Unternehmen Sie das Nötige.

Die Sekretärin geht hinaus. Sie betrachtet Ederer und flüstert mit Kroetzker.

Sie werden es sentimental finden, Doktor, aber ich hab für meinen alten Mann eine Schwäche. Er läßt eine so menschenfreundliche Atmosphäre um sich entstehen. Und das tut wohl,

wenn man die Welt kennt. Sicher, er ist alt und verbündet sich mit der Jugend. Wem schadet das. Und wer wär nicht gern wieder jung, nicht wahr.
Sie lächelt Kroetzker an.
Reff, ich danke Ihnen, daß Sie dieses Gespräch für mich erledigt haben.

KROETZKER Eine Selbstverständlichkeit.

Szenenwechsel.

Sechste Szene

Bei Charly.
Leere Tagesgaststätte. Jackie Ruhpolding, verkleidet und blond, Bauer und Ossi sitzen an einem Tisch. Manja sitzt allein an einem Tisch am anderen Ende der Wirtschaft.

BAUER Jackie Ruhpolding, ich danke dir, daß du quasi im Untergrund flüchtend zu einem Exklusivinterview mit dem Münchner Rundschau aufgetaucht bist. Seit wann bist du blond?

OSSI Schreib bloß nicht, daß sie blond ist. Damit sie die Polypen erwischen, du weißt schon, wegen dem beschädigten Lenbach in der Brauerei. Verkleidung und die Unterkünfte werden dauernd gewechselt. Und die Polizei blamiert sich vor aller Welt, jetzt schon die zweite Woche.

JACKIE Das ist doch uninteressant. *Zu Bauer:* Das Geld.

BAUER Was für ein Geld?

JACKIE Für das Interview. Glaubst du, ich machs umsonst? Gib mir was.
Bauer gibt ihr ungern was.
Danke.

OSSI *zu Bauer:* Verstehst du, wir wollen konkret was unternehmen gegen die Schweinerei im Sankt-Anna-Viertel. Deshalb hatten wir die Brauerei umfunktioniert zu einem Informationszentrum. Und wie gefährlich Information ist, beweist die Absetzung Ederers und unser Rausschmiß.

JACKIE Das war ein liberaler Scheißer.

OSSI Daß sich der Kapitalismus den eigenen Ast absägt ist nicht wahr. Solang es uns nicht gelingt, zu zeigen, daß die kapitalistische Wirtschaft und Sozialordnung mit einer gigantischen Vergeudung gesellschaftlichen Reichtums und mit einer mörderischen Rüstungspolitik zu ungunsten der Wissenschaftsförderung verbunden ist, solange wird die Solidarisierung der Bevölkerung gegen die Ausbeutung nicht stattfinden.

BAUER Bißchen viel auf einmal, was?

OSSI Das mußt du schreiben in deinem Wurstblatt.

Nessa Mehl tritt auf.

NESSA Gott war das anstrengend. Hallo! Wirtschaft! Tasse Kaffe bitte. Ich bin ganz erschöpft. Es gibt nichts Schöneres als die Tasse Kaffee nach einer Demonstration. Wer bezahlt mir den Kaffee? Ich bin völlig pleite. Werd mir doch noch ein Engagement an einem reaktionären Provinztheater suchen müssen, wenns so weitergeht. Manja! *Sie geht zu ihr.* Da bist du ja. Ich hab gehört, du willst eine Aktion beim Wohltätigkeitsfest deiner Mutter starten?

MANJA Ja.

NESSA Find ich ja toll. Du machst die Schlagzeile. Weißt du, Manja, Jesus und ich wollen Straßentheater machen. Wohin geht der Trend der Zeit: »Politisches Theater« sagt er. »Man kann von der Kunst lernen«. Wers glaubt. Bei dem Publikum. Meinen die Radikalen. Das Einfangen der Wirklichkeit, das Einfangen von Impulsen, die unsere Zeit in sich trägt, ist das Problem, dem sich die Kunst und das Theater endlich zu stellen haben. Ich mach mit bei deiner Aktion am Wohltätigkeitsfest.

OSSI Halt die Schnauze, Nessa. Wir haben zu tun.

NESSA Sei nicht so autoritär und benimm dich anständig. Ich find das toll, Manja, daß du da mitmachst. Aus der ganzen Langeweile hat uns die APO rausgerissen, uns Frauen.

OSSI Nessa, du bist eine blöde Sau.

Nessa ist still.

Zu Bauer:

Wir wollen die Neugestaltung der Stadt durch die Bürger, Genosse.

MANJA *zu Nessa:* Drei Tag hab ich ihn nicht gesehen. Schau dir das an.

NESSA Laß dir das nicht gefallen.

OSSI Bezahlt die Redaktion nur die Getränke oder auch Verzehr?

BAUER *bezahlt aus eigener Tasche:* Bestell dir was.

OSSI Manja, bestell dir was.

Er schreit der Kellnerin.

Karla, Kalbsbraten mit Salat und noch ein Helles. Bestell dir was.

Manja ignoriert ihn. Jackie geht zu Manja.

JACKIE Ich brauch noch Geld, Manja. *Keine Reaktion.* Dir muß man in den Arsch kriechen. Wie deiner Mutter. Kein Unterschied.

MANJA *gibt ihr Geld:* Da und halt den Mund.

OSSI *zu Bauer:* Der alte Ederer hat sich mit uns solidarisiert. Deswegen hat er auch seinen Posten verloren. Weil er gesagt hat, daß eine unglaubliche Korruption herrscht. Das ist nicht unsere Erfindung. Die Spekulanten kaufen die Grundstücke verhältnismäßig billig auf, Lindner wird geschmiert und die Bauordnung wird geändert, daß in der Gegend höher gebaut werden kann. Und damit werden die Profite gemacht. Das sind die Praktiken. Unsere Aufklärungsarbeit ist erfolgreich. Aber seit wir aus der Brauerei rausgeflogen sind, haben wir nur mehr die Straße –

JACKIE *unterbricht ihn:* Red doch nicht. Das bleibt doch ohne Effekt. Wegen den Zeitungsberichten. Alle unsere Aktionen sind erfolglos. *Zu Bauer:* Als erstes müßten in den Redaktionen Bomben hochgehen.

OSSI Bomben sind doch blöd.

MANJA *aggressiv zu Ossi:* Soll ich hier anwachsen?

OSSI Was ist denn?

MANJA Seit drei Tagen hab ich dich nicht gesehen. Ich geh jetzt.

OSSI Ich hab dir doch gesagt, daß du eine Klassefrau bist.

Manja setzt sich unentschlossen wieder hin. Zu Bauer:

Wir müssen aufklären, verstehst du.

MANJA Aufklären!

OSSI Die Bevölkerung verhält sich ablehnend. Tatsächliche Konfrontationen mit den Ausbeutern haben wir nicht erreicht. Die haben uns das Maul mit Leberkäs gestopft. Die Linke spaltet sich und bekämpft sich untereinander und verliert langsam die Schlagkraft, aber –

MANJA *unterbricht:* Aufklären! Was dem einen sein pin-up, ist dem anderen seine Rosa Luxemburg.

OSSI Halt doch den Mund.

MANJA Rutsch mir den Buckel runter.

OSSI *zu Manja:* Irgendjemand muß die Flugblätter durch die Maschine drehen. Ich hab die Nacht nicht geschlafen. Laß mich in Frieden.

MANJA Ich versteh alles nicht mehr. Erklärs mir. Alles ist plötzlich in Unordnung.

OSSI Ordnung ist bürgerlich. Ordnung gibts nicht.

MANJA Vielleicht kann ich aber meinen kapitalistischen Sportwagen nicht mehr fürs Badenfahren an den Starnberger See und damit der Revolution zur Verfügung stellen, weil ich ihn verkaufen muß. Meine Mutter zahlt tatsächlich kein Geld, damit konnte doch niemand rechnen.

BAUER Welche Marke?

MANJA Karman Ghia. *Zu Ossi:* Ich hab kein Geld mehr. Und hab die Verantwortung für die Wohnung. Und nichts funktioniert. Außer mir interessiert das hier scheinbar niemand. Ich hab heut sechs Stunden geputzt. Ich hab keine Lust, euere Schamhaare aus der Wanne zu kratzen. Daß Rechnungen kommen, stört mich. Wovon soll ich leben, kannst du mir das sagen?

OSSI Ich hab gesagt: Bestell dir was.

MANJA Soll ich von Interviews leben?

OSSI Menu ist Menu.

MANJA An der Tankstelle werd ich unfreundlich behandelt, weil die Monatsrechnung überfällig ist. Und jetzt du.

OSSI Stell dich um. Verkauf das Auto.

MANJA Ich kann das Auto nicht verkaufen. Wenn ich das schon hör. Und wie soll ich von hier jeden Tag zur Münchner Freiheit kommen? Zu Fuß?

OSSI Mit der Straßenbahn.

MANJA Mach dich nicht über mich lustig. Da brauch ich Stunden. – Ich komm so nicht zurecht. Man darf doch die materiellen Voraussetzungen nicht unterschätzen, Ossi. *Sie bekommt keine Antwort.* Allein komm ich nicht zurecht. Gut, dann geh ich eben. *Sie geht ab.*

OSSI Komm bleib da. Ich hab dir doch gesagt, du bist eine Klassefrau. *Keine Antwort.* Dann nicht. *Zu Bauer:* Verstehst du, Genosse. Das Problem ist die Spaltung der Linken. Die Gefahr ist, daß wir elitären Charakter annehmen und uns als Sumpfblüte der Gesellschaft fühlen. Ich halte Bomben für genauso falsch wie die Politclowns mit ihrer anpasserischen Kunst.

NESSA Was hast du gegen Kunst?

OSSI Halt den Mund, Nessa. – Wir müssen aus unseren Erfahrungen lernen.

NESSA Wir werden demnächst beim alljährlichen Wohltätigkeitsfest von Manjas Mutter Manjas Erbe eintreiben. Wir werden die Konfrontation erzwingen. Mit theatralischen Mitteln. Und nur so, Ossi Bock, werden deine strohtrockenen Informationen gehört.

JACKIE Eine Bombe müßt ihr schmeißen beim Wohltätigkeitsfest, damit die Herrschaften wissen, was sie immer wieder produzieren. Ihr seid doch alle doof. Die gesamte Linke ist doof.

NESSA Du nimmst Bomben, und wir machens eben so.

Jesus tritt auf.

JESUS Jackie, Polypen suchen dich oben in der Wohnung.

JACKIE Ich muß abhauen. Ossi komm.

Ossi und Jackie hauen ab.

BAUER *zu Jesus:* Weißt du, Jesus, es ist alles richtig, was mir die Genossen sagen. Aber ich hab nur zwei Seiten dafür. Ich kann nur das Nötigste bringen. Es muß für die Sonntagsausgabe etwas gefälliger sein. Ein Bier?

JESUS Ja.

BAUER *schreit:* Wirtschaft! Ein Bier! – Was ist deine größte Schwäche, Jesus?

JESUS Mein Patriotismus. Ich kann am Oktoberfest weinen vor Vergnügen, wenn die Blaskapelle spielt und die Lederhosen, das Bier und überhaupt, sofort reagier ich als Münchner und sing mit. Und kaum träum ich so vor mich hin, schon krieg ich einen Bierkrug übergebraten, daß die Fontanelle knackt, wegen den langen Haaren. Und wenn ich aus dem Krankenhaus entlassen bin, vergeß ich sofort wieder alle Erfahrungswerte und geh auf den Nockherberg zum Starkbier, und da passiert mir das ganze noch einmal. Mein Patriotismus ist meine größte Schwäche.

BAUER Sehr gut. Hast du da noch Zeit zum Demonstrieren?

JESUS Nein. Aber zum Nachdenken.

Szenenwechsel.

Siebente Szene

Garten hinter Ederers Haus.
Nachts. Freitreppe. Sehr gepflegter Garten. Hollywoodschaukel. Buffet und Lampions. Aus dem Haus Lärm. Gäste des Vereins der Unternehmerinnen. Man sieht ein Bierfaß, Batterien von Flaschen und Gläsern. Kroetzker, Katharina, Mond und Lindner kommen aus dem Haus.

KROETZKER Nein. Nein. Aber, Katharina, Sie bringen mich in Verlegenheit. Die Auseinandersetzung mit den Linken bringt mir falsche Popularität ein.

KATHARINA Aber, Reff, keineswegs. Kilian, du bist doch meiner Meinung.

MOND Natürlich.

KATHARINA Ich darf Ihnen gratulieren zu diesem großartigen Interview, in dem endlich mal öffentlich Stellung genommen wurde zu den Vorfällen der letzten Zeit. Sie haben uns einen großen Dienst erwiesen.

LINDNER Ich muß mich auch bedanken bei dir, Reff. Den Vorwurf der Korruption, der mir in den Ausschüssen Schwierigkeiten macht, hast Du schlagend widerlegt. Schließlich ist die Beschränkung der Bebauungshöhe für die Innenstadt wirklich veraltet.

MOND Natürlich. *Zu Katharina:* Wo ist das besprochene Buffet mit den netten kleinen Sachen?

KATHARINA Komm, Kilian. *Sie gehen zum Buffet.*

MOND Ah. Wunderbar.

LINDNER Mit diesem Interview ist alles geklärt und in Ordnung.

KATHARINA Ja. *Zu Mond:* Ich bewundere das Kämpferische an Kroetzker. Wie er ihnen allen die Zähne zeigt. Sonst macht das doch keiner.

MOND Hat sonst niemand Mut dazu.

LINDNER So war er schon als Student.

KATHARINA Und die Photos. Die weiblichen Wählerstimmen sind Ihnen sicher, Doktor.

MOND Das denke ich auch. Prost.
Sie stoßen an.
Dein Wohltätigkeitsfest ist wieder ein großer Erfolg, Kathari-

na, der Verein der Unternehmerinnen ist wieder ganz begeistert. Die Damen werden dich wiederwählen.

KATHARINA Meinst du? Nun ja. Eine Last mehr, nicht wahr.

MOND Und die Ehre. – Übrigens, Kroetzker, haben Sie gemietet?

KROETZKER Ja. Bis Ende der 80iger Jahre. Man muß sich seinen Frieden erkaufen. Die Insel im Murnauer See, Katharina, die ist für mich: Frieden.

Ederer tritt im Morgenmantel auf. Er ist betrunken.

KATHARINA Bis Ende der 80iger Jahre Frieden.

MOND Ja, Immobilien sind das Gold der Gegend.

KROETZKER Raus aus dem Lärm. Man muß den Lärm bekämpfen. Die Ruhe und der See.

EDERER *hakt sich bei Mond und Kroetzker unter:* Mond! Kroetzker! Wir sind doch alle Freunde. Ihr seid meine Freunde.

Katharina geht zu Ederer.

Ich laß mich nicht schneiden. *Er lacht blöde.* Von meinen Freunden.

KATHARINA *zu Claudia:* Bieten Sie den Gästen etwas an!

EDERER Ihr wollt mich fertigmachen.

KATHARINA Du bist betrunken.

Sie zieht ihn von den anderen weg. Die Gesellschaft schweigt betreten.

Richt dir den Mantel. Putz deine Brille.

EDERER Ich konnte nicht schlafen. Bei dem Lärm.

KATHARINA *drückt ihn in die Hollywoodschaukel:* Sich wochenlang einzuschließen und dann dieses Theater. *Zu Claudia:* Sorgen Sie dafür, daß mein Mann zu Bett geht und nicht mehr trinkt. Hörst du, Chris?

EDERER Das ist Boykott! *Er schreit.* Unberechtiger Boykott! *Stille.* Ich gehör dazu! Man will – würde Churchill sagen – das falsche Schwein schlachten. Alle Freunde haben mich verlassen.

KATHARINA Weil du zynisch bist und bitter. Und Lügen über sie verbreitest. Gute Nacht.

EDERER Ich sagte die Wahrheit. Die Wahrheit.

Katharina läßt ihn sitzen. Jesus Christus, Ossi, Manja, Nessa Mehl, Bauer mit einem Photographen und sechs Demonstranten treten auf.

MANJA Kinder, dort ist das Buffet.

Die Linken leeren in Sekundenschnelle das Buffet.

LINDNER Sind das Gäste, Claudia? *Er wendet sich an Jesus Christus.* Sind Sie das, Herr –

JESUS *stocksauer:* Ich heiß Jesus Christus. Wir sind keine Gäste.

Er bläst mit einer schrillen Kindertrompete Lindner ins Ohr. Lindner zuckt zusammen. Die Gesellschaft wird aufmerksam und wendet sich von Ederer zur Gruppe der Linken.

LINDNER Das ist ein Überfall! Polizei!

KATHARINA *zu einem Bedienten:* Schnell! Rufen Sie die Polizei.

MOND Gott, wie entzückend. Die Linken.

Die Gesellschaft zieht sich auf die Freitreppe zurück. Geschrei und Durcheinander.

KATHARINA Aber meine Damen! Meine Herren!

BAUER *zum Photographen:* Photographieren Sie doch, Mann!

JESUS *durch ein Megaphon:* Ich fordere die Genossen auf, die die Aktion am Buffet durchgeführt haben, sich dem Sitzstreik anzuschließen, der jetzt beginnt.

Ossi Bock, der bereits gesessen hat, steht demonstrativ wieder auf, während sich die anderen setzen.

MANJA Setz dich, Ossi!

OSSI Ich bin gegen diese Aktion. Ich boykottiere sie.

EDERER Bravo! Boykott! Bravo, Manja, gibs ihnen!

OSSI Es ist einfach dumm, derartige Aktionen zu starten. Ihr werdet von Manja benutzt, zu einer privaten Racheaktion. Was soll das hier. Das hat nichts mit politischem Verhalten –

Die Gäste klatschen. Die Demonstranten pfeifen. Ossi kann nicht weiterreden.

KATHARINA Bravo, Bock! Sie überblicken die Situation.

EDERER Gibs ihnen, Manja, gib ihnen Saures.

JESUS *durch das Megaphon:* Ruhe! Wir sind gekommen, um zu erörtern –

MOND *unterbricht:* Wir wollen nichts erörtern!

KATHARINA Die Kinder sind eine Plage! Wo bleibt die Polizei.

JESUS *durch das Megaphon:* Wir wollen erörtern: erstens das Grundgesetz, zweitens die Zuständigkeit der Herrschenden als Herrschende, drittens wollen wir diskutieren unsere verschiedenen Stellungnahmen zum Abreißen eines ganzen Stadtteils, unter Einbeziehung des Interviews des Archtiekten Doktor Kroetzker, das sich darin erschöpft, Binsenwahrheiten zu verbreiten und zu verschleiern, daß er ein gewaltiges Geschäft macht.

Rhythmischer Applaus der Demonstranten, Pfiffe von der Freitreppe.

LINDNER Ein hysterisches Rudel akademischer Halbstarker. Geschulte kommunistische Straßenkämpfer, Mond. Pissoirforellen!

JESUS *durch das Megaphon:* Wir verlassen jetzt das akademische Niveau, denn das ist elitär und bekämpfen unsere kritiklose Gesellschaft –

LINDNER Mit welchem Ziel! Berufsrandalierer!

JESUS Mit dem Ziel unsere kritiklose Gesellschaft abzuschaffen und durch eine sozialistische Ordnung, die für unsere Zwecke neu formuliert werden muß, zu ersetzen. Soweit die Bergpredigt, gehalten von eurem Jesus Christus. Das bin ich!

Jubel der Demonstranten.

Die Bavarian Sisters haben sich bereit erklärt, die musikalische Untermalung der Diskussionspunkte zu übernehmen. Die Bavarian Sisters!

Nessa und Manja sind aufgestanden. Sie werden umjubelt. Jesus legt das Megaphon weg und beginnt, mit den Bavarian Sisters zu tanzen. Einige Demonstranten spielen Instrumente.

BAVARIAN SISTERS *singen:*

Alle Deutschen haben das Recht
sich ohne Anmeldung oder Erlaubnis
friedlich und ohne Waffen
zu versammeln.
Ho-Ho-Hofbräuhaus!

KATHARINA Die Kinder sind ja ganz lustig.

BAVARIAN SISTERS *singen:*

Die Würde des Menschen ist unantastbar
sie zu achten und zu schützen
ist Verpflichtung aller staatlichen Gewalt.
Ho-Ho-Hofbräuhaus.

LINDNER Wo bleibt die Polizei!

KATHARINA Ist unterwegs.

BAVARIAN SISTERS *singen:*

Jeder hat das Recht, seine Meinung
in Wort, Schrift und Bild
frei zu äußern und zu verbreiten und
sich aus allgemeinzugänglichen Quellen
ungehindert zu unterrichten.
Eine Zensur findet nicht statt.
Doch Zensuren, Zensuren allerorten.
Jesus! Scheiß ihnen einen Gartenzwerg.

Während sich Jesus die Hose aufknöpft und sich mit entblößtem Hintern in die Hocke setzt, singen und tanzen die Bavarian Sisters um ihn herum.
Jeder hat das Recht auf Leben
und körperliche Unversehrtheit
Die Freiheit der Person ist unverletzlich.
Doch ach: Justizias Brüste sind verletzlich.
Sie ziehen sich die Blusen aus und tanzen einen Reigen oben ohne. Stille. In dieser Stille bringt Jesus nichts zustande.
Diese Gesetze finden ihre Schranken,
ja Schranken, in den Vorschriften
der allgemeinen Gesetze,
die, wie wir alle wissen, repressiv sind.

EDERER Bravo! Bravo! Sehr gut. Gibs ihnen, Manja.

OSSI *durchs Megaphon:* Sowas muß vorbereitet sein, Genossen! Mensch! Der Mann muß vorher Tabletten nehmen. Ihr seid blutige Anfänger.

MOND Die Intelligenz ist nicht einmal in der Lage einen Düngvorgang einzuleiten.
Lachorkane auf der Freitreppe. Polizei kommt. Ein gemütlicher Einsatz. Die Demonstranten werden weggetragen oder gehen freiwillig. Nur Manja boxt mit zwei Polizisten. Sie wehrt sich mit Händen und Füßen.

EDERER *torkelt herum:* Gibs ihnen, Manja! *Zur Freitreppe.* Lärmbekämpfung! Unfug! Jeder Lärm ist Kampf! Kampfeslärm!

BAUER *zum Photographen:* Los! Ein Bild von Vater und Tochter! Haben Sie kein Gefühl für Situationen!
Die Demonstranten sind weg.
Es ist wieder Ruhe.

EDERER *Tränen vor Lachen:* Bin ich froh! Daß ich! Nicht mehr Direktor in der Brauerei bin! Bin ich froh! Daß ich für das Sankt-Anna-Projekt! Nicht mehr verantwortlich zeichne! Der Aufsichtsrat soll! Abtreten! Baron Rindt soll! Abtreten!

KATHARINA *zu Ederer:* Du machst dich unmöglich. Sich so danebenzubenehmen, Christian! Den Abtritt des Barons in betrunkenem Zustand zu fordern.

MOND *zu den Unternehmerinnen:* Daß das nötig ist: Polizei auf Wohltätigkeitsfesten privater Natur. Aber großartig, die Polizei. Schnell. Präzise.

KROETZKER Auf die können wir uns verlassen. Nette Beamte. Was meine Damen?

Szenenwechsel.

Achte Szene

Bauers Zimmer in der Münchner Rundschau.
Ossi Bock steht vor Bauers Schreibtisch.

OSSI Wenn linke Journalisten wie du nicht einmal mehr schreiben was los ist, dann können wir einpacken. Du hast hier Möglichkeiten. Aber unsere Aktionen haben für dich nur einen Sensationswert. Zwei Seiten über den blondierten Münchner Untergrund. Zwei Seiten über den Patriotismus von Jesus, was Manja für ein Auto hat. Zwei Seiten von diesem dummen go-in. Und kein Wort von den tatsächlichen Gründen. Warum machst du uns lächerlich?

BAUER *aggressiv:* Stimmt was nicht, was ich geschrieben hab? Stimmts vielleicht nicht?

OSSI Gut. Ich find Bomben auch falsch. Warum regst du dich darüber auf in deinem Artikel, und nicht darüber, daß demnächst viele Menschen ohne Wohnung dasitzen. An den Bomben bist du mit schuld.

BAUER Das ist doch lachhaft, Ossi Bock.

OSSI Warum hast du nicht geschrieben, daß Lindner Schmiergelder angenommen hat. Ederer hat das öffentlich gesagt. Warum ist nichts zu lesen über die Korruption?

BAUER Der erste Knallfrosch in der Brauerei war ja noch ganz witzig. Der zweite war schon langweilig, den ihr jetzt im Gericht geschmissen habt. Das verliert doch jeden Kitzel. Was soll denn das: Im Gericht diese Dinger rumzuwerfen. Glaubst du, die Bevölkerung versteht das? Und daran soll ich schuld sein. Lächerlich.
Geht ab, da das Telefon klingelt.
Bauer. – Wieviel Tote? Drei. – Und wo? – Welche Automarke? – Danke. Wieder – *Er legt auf.*

OSSI Du schreibst nicht die Wahrheit, weil du Angst hast. Kein

Wort über die Jagd auf Jackie Ruhpolding. Nur blonde Photos. Bei dir sind die Rechten im Recht. Und zwar automatisch. Kriech doch deinem Verleger in den Arsch.

BAUER Was willst du eigentlich? Willst du die Schlagzeile? Soll Vietnam auf die zweite Seite? Es gibt eine Art ungeschriebenes Gesetz. Was du als tendenziös bezeichnest, ist unter anderem Rücksichtnahme auf die Gefühle des Lesers. Der Leser würde jedes Vertrauen zu seinem Blatt verlieren, würde ich jetzt plötzlich als einziger parteilich für euch schreiben. Die Zeitung verlöre ihr Gesicht und damit ihre Glaubwürdigkeit.

OSSI Glaubwürdigkeit! Du bist repressiv.

BAUER Wo bin ich repressiv?

OSSI Du machst mit der Linken Karriere. Und die Linken bleiben auf der Stecke, so ists.

BAUER Ich laß mir von dir nicht vorschreiben, was links ist.

OSSI Du! Du bist so links, wie mans dir erlaubt!

BAUER Ich war schon links, da wußtest du noch gar nicht, wer Lenin war.

Das Telefon klingelt.

OSSI Wo bist du links!

BAUER Das brauch ich dir nicht beweisen. Dir doch nicht. Ob ich links bin. Ich bin links, und das geht dich nichts an.

OSSI Du weichst sachlichen Argumenten aus.

BAUER *hebt ab:* Bauer. – Ja, ich höre. Wer wars? – Wer sie umgebracht hat. Ja. – Ihr Mann. Aha. Und ein Kind lebt noch. Wir schicken jemand. Rodger.

Er legt auf und macht sich Notizen. Ruhig.

Ossi Bock. Hör mir zu. Wir – ich mach die Zeitung nicht allein – wir sind der Meinung – und eine eigene Meinung wirst du uns zugestehen – daß in meinem Artikel euere Probleme hinreichend behandelt waren.

OSSI Deine Artikel braucht niemand mehr zensieren. Du schreibst schon von selber, was verlangt wird.

BAUER Ich wollte es dir nicht so brutal sagen, aber die Leute, die die Zeitung kaufen, haben es satt mit euch. *Schweigen.* Ich will dir etwas anderes erklären. Das Layout! Nur der Layouter kann die Zeitung attraktiv machen, nicht der Journalist. Die Zeitung muß sich verkaufen. Das ist der Pferdefuß des Kapitalismus, den ich wie du hasse. Wir wählen aus nach dem Informationswert für unsere Leser, begünstigen keine politische Tendenz –

OSSI *unterbricht:* Das ist nicht wahr.

BAUER Wir berichten, was unsere Leser interessiert. Bei allem, mein Lieber, braucht man Toleranz. Man muß dem anderen eine andere Meinung zugestehen.

OSSI Meine Worte. Darum gehts. Daß wir eine andere Meinung haben.

Das Telefon klingelt.

Bauer hebt ab.

BAUER *ins Telefon:* Bauer. – Wie gehts euch denn in Frankfurt, ihr kleinen Ärsche. – Was? Das ist ja eine scharfe Sache. – Wie? Ich schreib mal mit. Das ist ja eine kaputte Sache. – *Zu Ossi:* Jackie Ruhpolding hat schon wieder einen Molotow-Cocktail geschmissen. Ins Amerikahaus. *Wieder ins Telefon:* – Das geht wie bei den Kaninchen. – Gute Schlagzeile. Ja. Ist ja eine Münchner Figur. – Ihr auch? Auch Schlagzeile? Ihr seid wieder vornedran, was? – Wir hatten einen großen Bericht. Letztes Wochenende. – Wie? Serie draus machen. Hahaha. Ja. – Gut, du fährst jetzt hin und schickst uns den Text. – Tschüs, Mädchen, grüß die Kerze. *Er legt auf und schreibt weiter.*

OSSI *nach einer Pause:* Jetzt kriegt Jackie schon die Schlagzeile, was?

BAUER Ich bitte dich: Das dritte Ding.

OSSI Ich dachte, es wird fad mit der Zeit. Um eine Schlagzeile zu kriegen, muß man bei euch erst eine Bombe werfen? Wirds dann dem geehrten Publikum gefällig? Wer hat denn dir ins Hirn geschissen.

Szenenwechsel.

Neunte Szene

Bibliothek in Ederers Haus.
Katharina und Kroetzker stehen vor einem Schreibtisch. Sie trinken Wein. Ederer sucht im Hintergrund ein Buch. Lange Pause.

KATHARINA Was sagst du, Reff? Gegen ein großes australisches Museum hab ich mich in der Auktion durchgesetzt.

Und jetzt hab ich ihn. Ein schönes Stück. Ich liebe ihn sehr.

KROETZKER Klassizistisch?

KATHARINA Hergestellt wurde er aber erst in der Zeit Napoleons des Ersten.

KROETZKER Sehr schön. Ja, Napoleon. Ein Weiberheld und ein Feldherr.

EDERER *mischt sich ein:* Ihr duzt euch?

KATHARINA *sehr höflich:* Suchst du ein bestimmtes Buch, Chris?

EDERER Nein. Nur so. *Pause.* Bisher war bei geschäftlichen Besprechungen –

KATHARINA *unterbricht:* Bisher.

EDERER Was verändert sich, ich bitte dich. Nichts. Es ist doch nicht so, daß ich ohne Brauerei untätig bin. Ich hab genügend andere Aufgaben, das weißt du und –

KATHARINA *unterbricht*: Das freut mich, Christoph.

EDERER *Nach einer längeren Pause:* Ich wollte auf euren Entwurf fürs Sankt-Anna-Viertel zu sprechen kommen.

KROETZKER Das Projekt ist jetzt so gut wie durch, Ederer. Es geht um Detailfragen.

KATHARINA Die Sache ist gelaufen, Christoph. *Pause.* Deine Theorien. Und schau dir an, was sie nützen: Alle sind gegen dich. Ich auch mein Lieber. Dein Linksdrall ist unappetitlich, Christoph. Geh noch in langen Haaren. Sei so gut.

EDERER Man hat Liberalität ausgeräumt.

KATHARINA Ach was! Du bist kein Opfer, Chris. Sich öffentlich gegen Baron Rindt zu stellen!

EDERER Ich hab die Brauerei dazu gemacht, was sie heute ist. Ich. Ich hab sie geleitet, seit dein Vater gestorben ist. Und du warst ein junges Mädchen. Und jetzt nimmt man sie mir aus der Hand.

KATHARINA *antwortet nicht.*
Nach einer Pause zu Kroetzker:
Willst du noch ein Glas Riesling, Reff?

KROETZKER Danke ja.
Katharina bückt sich nach der Flasche, die in einem Kühlkübel steht. Kroetzker sieht in den Ausschnitt. Pause.
Ein raffiniertes Kleid.
Sie schenkt ein.
Verwischt etwas die Hüfte. Entzückend. Und ein kleiner Pfiff bavarian look. Hat einen großen Reiz.

KATHARINA *gibt ihm das Glas:* Danke dir.

KROETZKER *küßt ihr die Handinnenfläche:* Sehr begehrenswert.

EDERER Ich gestatte dir nicht, mit dem nächstbesten Stutzer das zu zerstören, was zwischen uns jahrelang war. Unsere Gemeinsamkeiten.

KATHARINA Was war denn schon?

EDERER Du bist meine Frau.

KATHARINA *lacht:* Christoph! Was ist das: Du bist eifersüchtig? Ich bitte dich!

EDERER Ich bin öfter allein in der letzten Zeit, als mir guttut. Mir fehlt das Gespräch mit dir.

KATHARINA Du hast wieder getrunken.

EDERER *brüllt:* Ich hab nicht getrunken!

KATHARINA *ärgerlich:* Aber! Christoph! Angst! In deinem Alter! Nimm dich doch zusammen. Ich hab Besuch.

EDERER Ich will dich nicht stören. Ich spreche dir nicht das Recht auf Liebe ab –

KATHARINA *unterbricht:* Wovon redest du?

EDERER Du weißt es. Ich hab das toleriert die letzten Jahre. Aber die Ehe ist mehr. Ich liebe dich immer noch.

KATHARINA Gut. Ich hab dich geliebt. Früher. Ich hab das vergessen. Willst du mit offenen Karten spielen? Du. Wenn ich dich sehe.

EDERER Ich kann nicht schlafen und denk nach. Auch über unsere Ehe. Kathi.

KATHARINA Mit katastrophalem Blutdruck. Schau doch in einen Spiegel. Krank. In deinem Alter von Liebe reden. *Pause.* Sei vernünftig. Geh zu Bett.

EDERER *Zu Kroetzker:* Die Ehe mit meiner Frau geht über das Sexuelle weit –

KROETZKER *unterbricht:* Ederer. Was fällt Ihnen ein.

EDERER – über das Sexuelle weit hinaus. Jawohl. Haben stärkere Bindungen. Bindungen, die nicht zu kaufen sind. Und nicht zu bezahlen.

KROETZKER Ederer. Ich bitte Sie. Was soll das denn.

EDERER Ich kann nicht mehr neu anfangen. Manja ist auch nicht da. *Schweigen.* Küß ihn doch.

KATHARINA Wie bitte?

EDERER Warum du ihn nicht küßt? Du willst ihn doch!

KATHARINA Ach ja? Das merkst du. Und besitzt nicht den Takt zu gehen.

EDERER Küß ihn doch.

Lange Pause. Kroetzker lacht. Katharina lacht. Kroetzker küßt Katharina.
Katharina. Warum tust du das? Warum tust du das?

KATHARINA Laß uns bitte allein.
Ederer geht nicht. Sie sieht ihn an.
Wie du willst. Dann bleibst du. Reff, ich hab herrliche Sammlerraritäten. Willst du sie sehen?

KROETZKER Natürlich.

KATHARINA *holt Bücher und Photos:* Klassische japanische Zeichnungen. Und eine Serie von einem phantastisch gebauten jungen Dänen.
Sie setzt sich neben ihn aufs Sofa und zieht die Schuhe aus. Sie sehen sich zusammen die Bilder an. Ederer geht ab. Kroetzker legt die Bilder weg.

KROETZKER Heiß.

KATHARINA Leg ab.
Er steht auf. Während er seine Krawatte lockert, knöpft sie ihm die Hose auf.
Wo rohe Kräfte sinnlos walten, da kann kein Knopf die Hose halten. Volksmund.
Sie lacht und zieht ihm die Hose aus. Er steht da in der Unterhose. Sie trinkt, sieht ihn an und taxiert ihn von oben bis unten. Ganz gut. – Jetzt zeig mal, was du kannst.
Sie faßt ihm in die Unterhose. Schließlich legt er sie ziemlich brutal um.

Szenenwechsel.

Zehnte Szene

Sankt Anna Str. 6 bei Bock.
Frau Bock und Herr Lechner haben sich einen angesoffen. Sie sind beide volltrunken. Eine sehr müde Stimmung. Frau Bock weint vor sich hin. Sie sitzen in der Küche.

FRAU BOCK *weint und trinkt:* Und den Kindern ists auch wurscht, was mit mir ist. Allen! Jawohl! Der Oskar ist schuld an der Kündigung. Richtig, Herr Lechner.

LECHNER Jetzt kommen Gastarbeiter rein.

FRAU BOCK Ich hätt meine Wohnung noch, wenns ihn nicht gäb. Und Sie auch. Herr Lechner. Sie hätten auch noch ein Dach überm Kopf.

LECHNER *randaliert:* Sollen was gegen die Gastarbeiter machen. Bomben werfen müssen die!

FRAU BOCK Ich könnt mir den Schädel einhauen vor lauter Denken.

LECHNER Im Gericht. Wos nur Beamte trifft.

FRAU BOCK Alle Leut kenn ich in dem Viertel. Jetzt ists aus.

LECHNER Statt daß sie verhindern, daß Ausländer unsere Wohnungen kriegen. Denen müßt mans auch einmal zeigen. Diesen Klugscheißern.

FRAU BOCK Solang war ich in der Wohnung: Seit 58. Die Zentralheizung, Herr Lechner, ist mein Werk.

LECHNER Die Preise steigen. Weil überall Gastarbeiter sind, die mehr zahlen. Als Massenmenschen. Ich kann nicht soviel zahlen. Ich bin ein kleiner Mann. Ich verdien nicht soviel.

FRAU BOCK Manchmal. Da könnt ich auch Bomben werfen. Daß alles aus ist. Mit allen. Die Atombombe kann ich mir nur wünschen.

LECHNER *randaliert:* Aber so ein Scheißer bin ich auch wieder nicht, daß ich mir das alles gefallen laß. Es wird Zeit, daß man auf den Tisch haut!

FRAU BOCK *weint wieder vor sich hin:* Kein Mensch weiß, wo ich hin soll. Ich verstehs nicht mehr. Kann mich aufhängen. Jetzt hab ich solang gelebt. Mit dem Erfolg: Ich bin allein, Herr Lechner. Allein. Die Kinder sind auch weg. Alle vier.

LECHNER Oder machen Schwierigkeiten.

FRAU BOCK Der Mann ist mir im Verkehr gestorben. Auch viel zu früh. Das ist mir geblieben von meinem Leben: Die Kündigung. Was bleibt mir: Noch ein paar Jahr und ich komm ins Altersheim. Oder aufhängen, weil ich nicht so sterben will, wie man als alter Mensch der nichts hat, sterben muß. Am besten wär, wenn ich gleich sterben würd.

Es klingelt. Sie kann nicht aufstehen. Lechner geht schwankend hinaus. Man hört, wie er draußen auf Ossi einredet. Ossi tritt auf.

OSSI Gekündigt. Das ist schlimm. Sauf nicht Mamma.

FRAU BOCK Und du bist schuld an allem. Du.

OSSI Warum?

Keine Antwort.
Ich möcht jetzt wissen, warum ich schuld bin. Mir reichts jetzt. Hab ich dir gekündigt? Wer hat dir denn gekündigt?
Keine Antwort.
Überleg dir einmal, wer dir gekündigt hat.
Keine Antwort.
Also. Irgendwann muß euch doch einmal ein Knopf aufgehen, warum wir Aktionen für euch machen.

LECHNER Für uns? Freilich. Bomben werfen.

OSSI Halts Maul. *Nach einer Pause zu seiner Mutter.* Viel haben unsere Aktionen tatsächlich nicht gebracht. Ich mein: Konkret. Die Herrschenden sind stärker und ihr habt uns nicht unterstützt. Wahrscheinlich kann man gegen die Kündigung gar nichts machen. *Pause.*
Ich red mit den anderen, dann kannst du zu uns in die Kommune ziehen.

FRAU BOCK Was? Ich?

OSSI Ja. Für den Übergang. Wenn du willst.

FRAU BOCK Kommune? Ich geh in keine Kommune.

LECHNER Eben! Wollens im Kittchen landen, Frau Bock?
Ossi latscht Lechner unvermittelt eine. Lechner fällt um und steht wieder auf und holt aus einer Küchenschublade ein Messer und bedroht Ossi.

LECHNER Weg müßts ihr! Weg!
Ossi nimmt ihm das Messer aus der Hand. Lechner ist zu besoffen, was zu unternehmen.

Szenenwechsel.

Elfte Szene

Aufenthaltsraum in der Kommune.
Berge von Informationsmaterial, dazwischen Kleider und volle Aschenbecher. Ein Eßtisch, der aber nicht zu benutzen ist, weil er voller Sachen steht. Die Wände sind kahl. Nessa Mehl und Manja sitzen bei einer Tasse Kaffee. Das Geschirr steht am Boden.

MANJA Jackie will Geld von mir. Alle wollen Geld von mir. Und wofür? Ich will das hier nicht finanzieren.

NESSA Die Linke ist aus. Ganz klar.

MANJA Ich hab viel gegen meine Eltern, aber das hier ist auch keine Lösung. Schau dir das an. Wies hier aussieht. Ich halt den Dreck nicht aus. Und den Gestank. Ich will doch nicht jeden Tag fünf Stunden putzen. Die Emanzipation der Frau endet im Putzeimer. Mein Gott, wie toll das damals war, als wir eingezogen sind.

NESSA Ja. *Pause.* Wie solidarisch alle waren.

MANJA Ja.

NESSA Denen ist nichts wichtiger als ihre Aktionen. Ich wollt mit Jesus zusammen Theater machen. Das kann ich mir auch an den Hut stecken, er findets blöd, sagt er. Allein kann ich nichts machen. Die sind so unsolidarisch.

MANJA Eben.

NESSA Engagement hab ich auch keins.

MANJA Ich bin mir jetzt wichtiger, als die Aktionen. Meine Individualität verlier ich hier auch noch.

NESSA Eben.

MANJA Es ist alles deprimierend.

NESSA Was?

MANJA Alles. Alles stagniert.

Jesus öffnet die Tür, durch die Katharina mit Verwalbond auftritt.

JESUS Deine Mutter, Manja. Bringt vielleicht Moos. Übrigens Ossi und ich putzen die Küche.

MANJA Jetzt plötzlich.

JESUS Bis jetzt hatten wir keine Zeit, das weißt du genau. Wir diskutieren gerade, daß sich jeder eine Arbeit suchen soll, damit wir auch ohne Finanzierung von außen durchkommen. Wenn du willst, kannst du uns helfen, Nessa.

NESSA Dir gehts wohl nicht gut, Jesus. Ich zieh hier aus.

JESUS Tschüs. Du bist eine dumme Kuh, Nessa. *Zu Katharina.* Da sitzt Ihr Kleines, gnädige Frau.

KATHARINA Ich sehe sehr gut, junger Mann.

Jesus geht wieder ab und schließt die Tür. Zu Verwalbond. Warte.

Verwalbond bleibt in der Ecke stehen. Sie geht zu Manja. Ich will dich nicht stören, Manja. Ich weiß von Nessa, es geht dir nicht gut, und ich weiß von Nessa, daß du hier bist. Willst du monatliche Zahlungen oder soll ich nur momentan aushelfen?

MANJA Ich brauch euch nicht. *Nach einer langen Pause.* Nur im Moment.

KATHARINA Schön. Wenn dir das reicht. *Pause.* Du siehst gut aus. Das freut mich. *Sie setzt sich, ignoriert den Dreck, den sie wegschiebt und holt das Scheckbuch aus der Handtasche.* 500?

Keine Antwort.

Ja? *Sie füllt den Scheck aus.* Soll ich dir noch 2000 außerdem auf dein Konto überweisen? Du wärst unabhängiger in deinen Entscheidungen.

Keine Antwort. Sie gibt Manja den Scheck. Hier. Dein Vater würd dich gern sehen. Er hängt an dir. Es geht ihm nicht gut. Fühlt sich verlassen. Aber das wirst du nicht wollen.

Sie gibt Manja die Hand. Manja verabschiedet sich stumm.

Übrigens, ich fusioniere. Und würde gerne mit dir darüber reden, abgesehen von unseren ideologischen Meinungsverschiedenheiten. Ruf mich an, wenn du magst. Es geht dabei auch um Politik, und mich interessiert deine Meinung. Also dann – wie gesagt, dein Vater vermißt dich. Wir würden uns freuen, wenn du kommen würdest. Gelegentlich.

MANJA Nein. Sag ihm einen Gruß. Ich komm ohne euch durch.

KATHARINA Gut. Und die 2000 überweise ich auf dein Konto. *Sie gibt Nessa die Hand.* Liebe Nessa. Auf Wiedersehen. Nicola, wir gehen.

Katharina und Verwalbond gehen ab.

NESSA *nach einer langen Pause:* Warum sollst du das Geld nicht nehmen? Manja, sieh es doch einmal realistisch. Wär doch albern. *Pause.* Du mußt wissen, was du willst: Leben oder nicht leben. Nimm das Geld. Wir leben im Kapitalismus. Deine Mutter meints gut.

MANJA Ich sauf mir jetzt einen an! Ich lad dich ein, Nessa, wir versaufen meine Brauerei. *Sie schreit:* Jesus! Hol einen Kasten Bier! *Nach einer Pause:* Weißt du Nessa, ich hab so Vorstellungen vom Leben gehabt, das war große Klasse. War aber Theorie: Die Linken, die Rechten, und die Katholen und die Pfadfinder und die Bayern und du – Ist alles käuflich. Vielleicht hast du recht. Vielleicht kann ich mir das was ich will alles auch ganz einfach kaufen.

Szenenwechsel.

Zwölfte Szene

Bad in Ederers Haus.
Ederer liegt mit geöffneten Pulsadern in der Badewanne. Katharina tritt auf, macht Licht, Ederer zeigt ihr den Puls, die beiden sehen sich an. Katharna löscht das Licht.

EDERER Es ist so besser. Mach Licht. Mit dir reden.
Katharina will weggehen.
Bleib hier. Du hast es gesehen. Lüg nicht.
KATHARINA *sucht:* Wo ist meine Wimperntusche.
EDERER Kroetzker und du. Ihr habts geschafft.
KATHARINA Ich geh ins Theater.
EDERER Gruß an Kroetzker.
KATHARINA Das ist vorbei – Mit dem kleinen Verwalbond.
EDERER Der Mißerfolg. Kostet Freunde. Am Ende. Einsam. Nein. Bleib noch bei mir. Jetzt.
KATHARINA Ich weiß nicht, was du hast.
EDERER Dann mach das Licht an.
Katharina reagiert nicht.
Dann werde ich – *Bemüht sich.* – das Licht – *Ist nicht dazu in der Lage.* – anmachen. Es geht nicht.
KATHARINA *hat die Wimperntusche gefunden:*
Ich werde dem Mädchen Ausgang geben.
EDERER *hastig:* Willst dus nicht wissen?
KATHARINA Ich gehe aus.
EDERER *bekommt Angst:* Es ist schief. Alles. Einundzwanzig Jahre Ehe. Mir ist schwindlig. Werde nicht sterben. Bring das Telefon. Kann nicht auf. Bring –
Keine Antwort.
Bist du noch da? Sehen. Ich kann nicht sehen. Zu schwach. Das Mädchen. Ich brauch es noch.
KATHARINA Du brauchst es nicht mehr.
EDERER Ich werd schreien.
KATHARINA Schrei. Wenn das Mädchen hört, wird es kommen.
EDERER Bring mir das Telefon.
KATHARINA Nein. Adieu, Chris. *Sie geht ab.*
EDERER *will aufstehen und rutscht ganz langsam in die Wanne:* Claudia! – Glatt! Einseinsnull wählen! Zur Sache! Wimpern! Katharina! Und matt!

Der Kopf rutscht unter das Wasser, er ertrinkt. Das Wasser in der Wanne beruhigt sich.

Szenenwechsel.

Dreizehnte Szene

Aufenthaltsraum in der Kommune.
Wie 11. Szene. Es ist aufgeräumt. Frau Bock liest die Zeitung. Jesus dreht sich eine Haschzigarette und Ossi rechnet.

OSSI *nach einer Pause:* 150 Mark von dir. Und die 400 von mir. Wenn das Geld von Manja noch dazukommt, reichts für die Miete. Zum Leben haben wir nichts.

FRAU BOCK Da! Im Sankt-Anna-Viertel werden doch Wohnungen gebaut. Habt ihr doch was erreicht, Oskar.

OSSI Wieviel? Vier? Oder fünf?

FRAU BOCK Steht nicht da.

JESUS *raucht:* Nessa hab ich getroffen. Auch sexuell geht bei den Linken nichts zusammen. Sie hats satt, sie will wieder in Abhängigkeit leben. Sie macht einen Sadofilm, wo sie ununterbrochen gepeitscht wird. Da steht sie jetzt drauf, sagt sie.

OSSI Ich hab heut im Schlachthof geredet über Kommune und wer einziehen will. Hin und her. Da sind ein paar Pendler aus Niederbayern, die nur Schlafstellen haben, die sind ganz wild drauf. Ich hab ihnen vorgerechnet, daß es nicht nur besser, sondern auch billiger ist. Die wollen rein. Zusammenfassend ist zu sagen, daß die Kommune ein gangbarer Weg ist für einige Bevölkerungsgruppen, die Konsumgewohnheiten zu durchbrechen.

FRAU BOCK Red nicht, Oskar. Der Frau in der Reinigung hab ich auch erzählt, daß ich jetzt ein Kommunard bin. Hat genauso geschaut wie die Milchfrau. Die könnens alle gar nicht glauben. Ich erzähl nur, wie ich mirs vorgestellt hab und wies wirklich ist. Man müßt es den Leuten richtig erklären. Dann würdens viele machen.

OSSI Das sag ich seit Jahren.

FRAU BOCK Aber erklären kannst dus nicht. *Pause.*
Der Quadratmeter im Sankt-Anna-Vietel kostet in den Hoch-

häusern 12,50 Mark. Wer soll denn das zahlen!

OSSI Eben. Wir haben nichts erreicht.

JESUS Die Mädchen haben wir auch im Stich gelassen. Wir müssen uns mit den Mädchen solidarisieren.

FRAU BOCK Ihr habt schon was erreicht, Oskar. Es wird schon wieder werden. Nur nicht locker lassen. Jetzt steig ich erst ein.

OSSI Die Linke ist im Eimer. Die Genossen sitzen alle. Oder werden gesucht. Oder sind in der inneren Emigration.

FRAU BOCK Wir sind auch noch da, Oskar.

OSSI Daß Terroraktionen keinen Sinn haben, sehen wir an Jakkie. Die sitzt auch. Die Organisationen, die wir aufgebaut haben, haben sich aufgelöst. Wir müssen uns überlegen, welche Möglichkeiten und Risiken unsere Arbeit in traditionellen Organisationen hat. Ich hab nämlich vor, in eine Partei einzutreten.

JESUS Hallelujah! In welche?

OSSI Rauchst du Hasch?

FRAU BOCK Haschisch? Das ist verboten.

OSSI Du Saubär! Den Asiaten das Rauschgift wegrauchen. Und die bayrische Bierindustrie verliert die Kunden in der eigenen Hochburg.

JESUS Wollens was, Frau Bock?

FRAU BOCK Nein, Herr Schwinghammer, ich trink lieber mein Bier.

JESUS *high:* Wir müssen die Fleischer agitieren. Dann gehen wir alle aufs Oktoberfest mit den sozialistischen Fleischern und das Oktoberfest wird umfunktioniert in ein sozialistisches Bacchusfest. Bayern im Sozialismus. Die sozialistischen Transvestiten feiern den Tag der Arbeit. Straßentheater für alle und ganz umsonst Kandiszucker. Und die Fleischer werden hier bei uns zu Vegetariern.

FRAU BOCK Schau, jetzt spinnt er, der Herr Schwinghammer. Aber Kommune, das wär auch was für ältere Leut, wo die Kinder weg sind. Wart nur, Oskar, jetzt fang ich erst an.

Szenenwechsel.

Vierzehnte Szene

Im Krematorium.
Die Tür zum Verbrennungsraum, die immer halb offen steht. Die Verbrennung ist vorbei. Schweigende Trauergäste. Weitere Leute kommen langsam heraus. Lindner, Mond und Kroetzker. Schweigen.

LINDNER *flüstert zu Mond:* Es regnet. Gewitter. Nach einem Föhn. Reinigt die Luft.
MOND Wer weiß – vielleicht – der Föhn. Beerdigungswetter.
KROETZKER Ein schönes Mädchen, die Tochter Ederers. Kommt aus einem guten Stall, das merkt man.
Manja und Ossi treten auf.
MANJA Begreif doch, ich kann mich jetzt nicht entscheiden. Warum soll ich die neue Kommune finanzieren. Die alte hat auch nicht geklappt. Ich kann jetzt nicht. Mein Vater ist tot.
OSSI Pietät!
MANJA Jawohl! Ich laß auf meinen Gefühlen nicht rumtrampeln, ob das nun reaktionär ist oder nicht.
OSSI Ich finds scheiße, daß wir streiten.
Sie schweigen.
LINDNER Der Föhn. Ein selbstgewählter Tod. Seltsam: Der Tod.
MOND Ja. Merkwürdig.
MANJA Hör mit deinem Geschwätz auf, ich kanns nicht mehr hören. Ich kann ohne Geld nicht leben, das hab ich gesehen. Meine Meinung vom Kapitalismus ist nicht die allerbeste. Aber sie ist besser als meine Meinung über euch.
OSSI Steck dir deine Meinung an den Hut. Kommst du zurück zu uns? Oder nicht.
Sie schweigen.
LINDNER Krieg. Mord. Übervölkerung und Sexualemanzipation und die Pille. Alles in ursächlichem Zusammenhang: Unsterblichkeit, Tod. Auch ein politisches Problem. Ja, Ederer ist von uns gegangen.
MANJA Im entscheidenden Moment habt ihr mich sitzen lassen mit meinen Schwierigkeiten. Und mit Befreiung war auch nichts.
OSSI Du weißt genau warum. Gibst du uns wenigstens Geld. Du kriegst es wieder. Wir arbeiten jetzt alle.

Manja schweigt und fängt zu weinen an.

KROETZKER Ein schönes Mädchen. Es hat was Rührendes, wenn Frauen weinen.

Katharina tritt auf. Verschiedene Leute wollen kondolieren. Lindner ist der erste.

LINDNER Gnädige Frau. Liebe gnädige Frau. Was soll man sagen. Ich meine, was bleibt noch zu sagen!

KATHARINA *statuarisch:* Ja, Lindner, da haben Sie recht.

MANJA *weint:* Ich halt diese Unsicherheit nicht aus. Ich versteh dich nicht mehr, Ossi. Ich versteh das alles nicht mehr.

Katharina sieht Manja weinen und geht zu ihr.

KATHARINA *umarmt Manja:* Kind. Wir sind allein. Wir müssen zusammenhalten. Es ist vorbei.

MANJA *fühlt sich geschützt:* Ja.

KATHARNA *wischt ihr die Tränen ab:* Du mußt nicht weinen, Kind, es ist jetzt vorbei.

OSSI Daß du in dem Mief leben kannst.

MANJA Ich ruf dich nächste Woche an. Bestimmt. Wenn alles vorbei ist.

OSSI Gibst du uns das Geld oder nicht?

Manja antwortet nicht.

Tschüs. *Er geht ab.*

KATHARINA Warum weinst du, Manja? Ist es aus? Es ist vorbei, sei ehrlich. Deine kleine Liaison. Wir fliegen morgen zusammen vier Wochen nach Rom. oder wohin du willst und vergessen das alles. Wenn wir aus dem Trubel raus sind.

MANJA ich hab mit Ossi nächste Woche –

KATHARINA *da Manja nicht weiterspricht:* Schreib ihm eine Karte und entschuldige dich. Wir fahren nach Rom. Und wir können auf langen Spaziergängen sprechen. Ich brauch dein Vertrauen.

Manja schweigt.

Du brauchst eine neue Garderobe. Ich melde dich beim Friseur an. Morgen. Du bist ein hübsches Mädel. Manja, und Männer gibts so viele. Was hat dir gefehlt bei uns? Hattest du nicht alles? Was hattest du dort mehr? Außer Luftschlössern. Und Illusionen von einer klassenlosen Gesellschaft. Denn – was soll sich ändern: Glaubst du, ich kann einfach aussteigen? Ich würde es tun. Ich würde. Kann aber nicht. So wenig wie du. Würde ich aussteigen, das Chaos würde ausbrechen und das wollen wir alle nicht.

MANJA Gut. Fahren wir nach Rom.

KATHARINA *streichelt Manja:* Dein Vater tot. Die Liebe kaputt. Das ist viel für einen jungen Menschen, der noch Illusionen hat.

KREMATORIUMSANGESTELLTER *mit einem kleinen Paket in der Hand:* Ihr Mann, gnädige Frau.

KATHARINA Mein Mann. Ja. Stellen Sie ihn ins Auto.

Szenenwechsel.

Fünfzehnte Szene

Promenade im Nymphenburger Park.
Manja, in neuer Garderobe, promeniert mit Kroetzker.

MANJA Herrlich, wie Haifez die Trio-Sonate spielt –

KROETZKER Ja. – Die Luft. Kühl und herbstlich. Nach einem heißen Tag die Ruhe der Stadt genießen. Sie kennen meine Lage durch ihre Mutter, Manja, sie ist optimistisch.
Manja schweigt.
Haben Sie sich entschieden?
Manja schweigt.
Man kann im harten politischen Alltag nicht leben, ohne Liebe. Man sieht bei Ihrem Vater, wohin das führt: Zu Entfremdung, Selbstmord und Depressionen. Ich wäre froh über unser glückliches Arrangement, als Zeichen, daß natürliche Kontakte zwischen APO und Reformpolitik möglich sind.

MANJA Es war schön in Rom. Ich hab mit meiner Mutter gesprochen, hab ihr meine Standpunkte klargemacht: Was ich unter modernem Zusammenleben verstehe. Der Kapitalismus muß den Fortschritt bejahen und ihn nutzen. Ich werde in der Brauerei jetzt aktiv mitarbeiten. *Sie setzt sich auf eine Bank.* Was ich sagen will: Wir wissen beide, was von der Instituion Ehe zu halten ist. Nur in Freiheit und Partnerschaft kann man heutzutage eine Ehe führen. Auch geschäftlich. Es ist nötig, daß beide Partner frei sind. In allen Entscheidungen.

KROETZKER Natürlich. Die Anwälte werden die Einzelheiten klären. Und wann werden Sie sich entscheiden?

MANJA Bald. *Sie lehnt sich zurück.* Die Schwäne. Hast du schon einmal einen Schwanengesang gehört?

Szenenwechsel.

Sechzehnte Szene

Kurz vor Jahreswechsel. Schnee. Katharina steht allein im Dunkel der Terrasse und schaut zu den Sternen hoch. Der Kälte wegen hat sie ein Pelzcape über ihr Abendkleid geworfen. Aus dem Haus Lärm. Claudia wartet im Hintergrund auf Anweisungen.

KATHARINA *nach einer langen Pause zu Claudia:* Holen Sie mir den kleinen Verwalbond. *Claudia geht ab. Sie zieht ihren Pelz enger. Pause. Mond tritt auf. Er geht zu Katharina.*

MOND Störe ich?

KATHARINA Nein. *Beide schweigen. Nach einer langen Pause.* In wenigen Minuten: Ein neues Jahr. *Pause.* Ich bin betrunken. München leuchtet. Sterne. Mond, schau dir die Sterne an. *Pause.* Meinst du Kilian, daß uns die Weltraumfahrt ein glückliches Leben bringt? Ein glücklicheres? Das ist auch Fortschritt: Der Fortschritt im Kosmos. Wir werden den Kosmos erobern. Liegt der Fortschritt in den Sternen? Oder in den Hirnen? Im Digitalrechner? *Pause.* Ich trauere um meinen Mann. Man braucht einen Menschen. Aus Gründen der Einsamkeit.

MOND Ja. – In wenigen Minuten tritt eine europäische Fusion in Kraft. Eine Fusion der ersten Häuser aller EWG-Nationen. Denkwürdig in der Geschichte des Bieres. Ein großer Augenblick: Der alte Name Poschlbrauerei AG ist in Zukunft Symbol für das Europabier. Ein großer Augenblick für die bayrische Wirtschaft. Ein weiterer großer Augenblick: Die Verlobung deiner Tochter. Wir gehen in die 70iger Jahre.

KATHARINA Es ist kalt. *Sie zieht ihren Pelz enger. Manja, Kroetzker, mit einem Schwarm von Menschen, unter ihnen Lindner und Nessa Mehl, treten auf. Bauer allen voran. Bauer gruppiert die Menschen für Photos.*

NESSA Ich sag dir, Manja, das war noch nie da: Wir machen Kunst im U-Bahn-Schacht.

MANJA Toll, Nessa. *Zu Baron Rindt:* Ja, Baron, in den 70iger Jahren wird der Münchner mit der U-Bahn eine weitere Möglichkeit haben, von der Münchner Freiheit zum Siegestor zu kommen.

KROETZKER Wie man so schön sagt: Von der Freiheit zum Sieg.

MANJA *nimmt ein Glas von einem Bedienten:* Tschintschin.

BAUER Keine Schneestimmungen, meine Herrschaften. Wir machen richtig popige Sylvesterphotos. Lachen, meine Herrschaften, lachen. *Die Herrschaften lachen oder lächeln.*

KROETZKER Lachend in die Zukunft!

MANJA Apropos: Nessa hat mir vorhin einen Witz erzählt: Falls wir im Sankt-Anna-Viertel doch noch mehr Wohnungen bauen, arbeiten die Angestellten der Brauerei für die Brauerei, wohnen in Wohnungen der Brauerei, essen im fortschrittlichen Kommunikationszentrum der Brauerei und darüber lassen wir die Gewerkschaft mit Flugzeug und Spruchband fliegen: Arbeit macht frei für die Poschlbrauerei. *Großes Gelächter.*

MOND Noch 60 Sekunden, meine Herren.

KATHARINA Verwalbond! Hol mir ein Glas! Wir wollen anstoßen auf die Verlobung meiner Tochter.

Verwalbond winkt einem Bedienten, dieser kommt. Schweigen. Man bedient sich.

NESSA *zu Manja:* Ja, die Kunst. Ich hoffe, mein Film wird ein Erfolg. Alles andere ist doch zweitrangig.

MOND Noch 30 Sekunden.

NESSA Es ist doch überhaupt nicht einzusehen. Wir brauchen die sexuelle Freiheit. Warum soll ich mich nicht ausziehen –

MOND 20 Sekunden.

NESSA – wenn die Aufgabe für mich als Schauspielerin künstlerisch wertvoll ist.

MOND 10 Sekunden.

NESSA So gehts dem Künstler, heut spielt er dies –

MOND 3 Sekunden.

NESSA – und morgen das, nicht wahr.

Gong. Kroetzker küßt Manja und steckt ihr einen Ring an. Beifall. Photos werden gemacht. Das Licht geht aus. Das Feuerwerk geht hoch. Ah und Oh. Nach großem Wirbel Stille. Schweigend sehen sie dem Feuerwerk zu. Kirchenglocken.

Zeittafel

1944	Geboren in Steinberg/Niederbayern am 14. September.
1962/63	Besuch des Max-Reinhardt-Seminars in Wien.
1965	*Jagdszenen aus Niederbayern.*
1966	*Gerettet* (bayerische Fassung).
	Maß für Maß (Bearbeitung).
1968	*Landshuter Erzählungen.*
1969	*Koralle Meier.*
1970	*Mathias Kneißl.* Drehbuch.
	Die Kunst der Zähmung (nach Shakespeare).
1971	*Münchner Freiheit.*
	Olympio, eine Legende. Erzählung.
1972	*Adele Spitzeder.* Fernsehfilm.
1977	*Die Spitzeder.* Theaterstück.

Alphabetisches Gesamtverzeichnis der suhrkamp taschenbücher

1/1/6.84

1/2/6.84

1/3/6.84

1/4/6.84

1/5/6.84

1/6/6.84

1/7/6.84

1/8/6.84

1/9/6.84

1/10/6.84

1/11/6.84

1/12/6.84